Matthias McDonnell Bodkin

Giftmischer
und andere Detektivgeschichten

CLASSIC PAGES

McDonnell Bodkin, Matthias

Giftmischer und andere Detektivgeschichten

Reihe: *classic pages*

ISBN: 978-3-86741-512-5

Auflage: 1
Erscheinungsjahr: 2010
Erscheinungsort: Bremen, Deutschland

© Europäischer Hochschulverlag GmbH & Co KG, Fahrenheitstr. 1, 28359 Bremen (www.eh-verlag.de). Alle Rechte beim Verlag und bei den jeweiligen Lizenzgebern.

Cover: Foto © bbroianigo/Pixelio

INHALTSVERZEICHNIS

Giftmischer	5
Ein Wettlauf	18
Verbrieft und versiegelt	33
Gelöst und gebunden	47
Ein Münzverbrechen	60
Staatsgeheimnisse	74
Zwei Könige	89

GIFTMISCHER

Das Urteil der Leichenschau lautete: »Letitia Woodriff ist an Morphiumvergiftung gestorben. Es liegt uns kein genügender Beweis vor, wie sie das Gift genommen oder wer es ihr beigebracht hat. Wir können daher nur den durch den Verlust seiner Tochter so schwer betroffenen Vater, Herrn Woodriff, unsrer aufrichtigen Teilnahme versichern.«

Die Leichenschau war außerstande gewesen, das geheimnisvolle Rätsel zu ergründen. Nachdem die Leute ihren Wahrspruch abgegeben hatten, verließen sie mit geräuschlosem Tritt und ernster Miene das Trauerhaus. John Woodriff aber schlich leise, als fürchte er, sein totes Kind zu wecken, in das Zimmer zurück, wo die schöne Leiche lag. Mit ängstlicher Scheu berührte er das kalte, weiße Händchen auf dem Deckbett und sah in das ruhige Antlitz, dessen bleiche Lippen noch im Tode lächelten. Die holde Tochter, der Liebling und die Freude seines Herzens, schien ihm auf einmal in so unermessliche Ferne entrückt, dass selbst seine Gedanken ihr nicht folgen konnten. Es war nicht mehr sein Kind, mit dem ihn die innigste Liebe verbunden hatte, das kalt und leblos vor ihm lag. Ein reiner, heiliger Engel schwebte durchs Zimmer. Seine warmherzige, muntere und zärtliche Letty hatte er auf immer verloren.

Voll leidenschaftlichen Schmerzes beugte er sich über sie und drückte ihr einen Kuss auf die starren Lippen. Bei der eiskalten Berührung ging es ihm wie ein Stich durchs Herz und er fühlte die ganze Qual des Verlustes von Neuem, obgleich seine Tochter schon vor zwei Tagen gestorben war. Sein Gesicht in den Kissen vergrabend, auf denen die Tote ruhte, brach er in ein erschütterndes Schluchzen aus.

Da ging leise die Tür auf und der Kopf eines jungen Mädchens mit abgehärmten, bleichen Zügen und roten Rändern um die Augen, zeigte sich in der Öffnung. »Vater«, rief eine sanfte Stimme voll Zärtlichkeit. Milly Woodriff trat an das Bett, neben dem ihr Vater von Gram überwältigt kniete, schlang ihre Arme um seinen Hals und versuchte ihm Trostesworte ins Ohr zu flüstern, wiewohl ihr selbst das Herz fast vor Kummer brach.

»Vater, lieber Vater, weine doch nicht so", sagte sie. »Letty könnte ja im Himmel nicht selig sein, sähe sie deinen Schmerz; sie war ja immer so fröhlich, so gut und liebevoll. Es ist hart und schwer zu ertragen, das weiß Gott. Aber wir beide sind uns doch noch geblieben; wir können füreinander leben und uns lieb haben, bis wir einst unser verlorenes Herzblatt wiedersehen.«

Der tief gebeugte Mann gab wie ein müdes Kind ihrem zärtlichen Drängen nach und ließ sich von ihr aus dem Zimmer führen. »Gott sei Dank, Milly, dass ich dich noch habe!« flüsterte er, während sie Hand in Hand nebeneinander in dem stillen Wohnzimmer saßen, wo selbst das Sonnenlicht jetzt nur Trauer zu verbreiten schien. Da krallte ihm eine plötzliche Furcht die Brust zusammen und er drückte ihre Hand so fest, dass es ihr wehtat. »Großer Gott", rief er, wie wahnsinnig vor Angst, »muss ich sie auch noch hergeben?«

Lange saß er schweigend da, ohne einen Blick von ihr zu wenden, und streichelte ihr braunes, seidenweiches Haar. Endlich raffte er sich mit Anstrengung auf wie jemand, der einen besondern Zweck im Auge hat. »Ist niemand mit der Bahn angekommen, Milly?« fragte er.

»Der Zug kann kaum hier sein, Vater", erwiderte sie, mit dem Blick die Standuhr auf dem Kaminsims streifend, »und von der Stadt ist's noch eine gute halbe Stunde bis zu uns. Erwartest du einen Gast?«

»Ich habe vorgestern nach London telegraphiert an einen Geheimpolizisten namens Paul Beck. Wir waren zusammen auf der Schule und damals sehr befreundet; doch haben wir uns seitdem nicht wiedergesehen. Er gilt für den scharfsinnigsten Mann in seinem Beruf und ich hoffte, er werde noch rechtzeitig zur Leichenschau eintreffen. Wenn irgendjemand entdecken kann, wie unsre arme Letty ums Leben gekommen ist, so wird er es herausbringen.«

»Was kann es aber nützen, Vater, wenn wir uns jetzt noch damit ängstigen und quälen? Die Wunde wird nur immer von Neuem bluten und unser Herzblatt bringt es uns doch nicht zurück.«

»Ich gäbe gleich meine rechte Hand darum, Milly«, erwiderte er mit einer Leidenschaft, die sie erschreckte, »wenn ich wüsste, wie die arme Letty den Tod gefunden hat.«

Es entstand eine Pause. Dann fragte Woodriff plötzlich: »Wo ist Anna?«

»Auf ihrem Zimmer, Vater; sie ist ganz fassungslos und hat seither weder gegessen, noch geschlafen. Anna ist in mancher Beziehung noch wie ein kleines Kind, und sie hat Letty so lieb gehabt.«

»Geh zu ihr, mein Herz, ihr könnt einander am besten trösten. Es lässt mir keine Ruhe, bis ich weiß, ob Beck angekommen ist; da will ich ihm lieber eine Strecke weit entgegengehen.«

Woodriffs Haus war ein hohes Backsteingebäude, das, an einem bewaldeten Abhang gelegen, nach dem Meere hinausschaute. Etwa drei Meilen landeinwärts lag die große, blühende Stadt Deringham, wo Woodriff sich als Maschinenbauer sein Vermögen erworben hatte, das ihn in den Stand setzte, sich Haus und Park zu kaufen und hier am Seegestade, für das er schon seit seiner Knabenzeit schwärmte, ein behagliches Leben zu führen. Auf der Landstraße einherschreitend, hatte er schon den halben Weg nach der Stadt zurückgelegt, als eine Droschke rasch an ihm vorüberfuhr. Ein schläfrig aussehender Mann, der Woodriff wie ein Handlungsreisender vorkam, saß darin bequem zurückgelehnt. Etwa zwanzig Schritt weiter hielt die Droschke plötzlich still; ihr träger Insasse sprang wie ein Schulknabe heraus und kam sporenstreichs zurückgelaufen.

»Kennst du mich nicht mehr, John?« rief er, Woodriff herzlich die Hand entgegen streckend, »Ich habe dich auf den ersten Blick erkannt.«

Der Angeredete starrte ihn einen Augenblick ganz verwirrt an; bald ging ihm aber ein Licht auf. »Was, du bist doch nicht etwa der kleine Paul Beck?« rief er.

»Ich bin so gewiss Paul Beck, als du John Woodriff bist. Vor mancher Tracht Prügel hast du mich in der Schule bewahrt, wo ich unter den kleinen Buben war, während du zu den großen gehörtest. Es tut mir herzlich leid, John, dass wir uns aus so traurigem Anlass zum ersten Male wiedersehen.«

»Du hast also meine Depesche erhalten?«

»Und deinen Brief; beides zu gleicher Zeit. Ich war gerade verreist, als das Telegramm einlief, sonst würde ich zur Leichenschau gekommen sein. Was ist denn das Ergebnis?«

»Fahrlässige Morphiumvergiftung.«

Beck sah ihm forschend ins Gesicht. »Ist das auch deine Meinung?«

»Ich weiß wirklich nicht, was ich denken soll.«

»Du bist ja furchtbar angegriffen und schüttelst dich wie im Fieber. Nicht der Kummer allein beherrscht dich, sondern eine quälende Angst. Ich will die Droschke fortschicken; im Gehen redet sich's am besten. Zwischen vier Wänden ist man nie so sicher, unbelauscht zu sein.«

Eine Weile gingen die beiden Männer schweigend nebeneinander her, bis links ein Pfad abbog, der geradeswegs nach dem Strand hinunterführte. Ohne ein Wort zu sagen, verließen sie die Landstraße. Woodriff hielt den Blick zu Boden gesenkt, der Ausdruck seines Gesichts war besorgt und kummervoll; von Zeit zu Zeit schaute ihn Beck an und mühte sich, seine Gedanken zu erraten. Jetzt standen sie an einer Stelle, wo sich der platte Strand in breiter Fläche vor ihnen ausdehnte. Bis an den Horizont lag das Meer zu ihren Füßen; die klaren Wellen brachen sich kräuselnd und schäumend auf dem Sand und hinter ihnen stiegen die schwarzen Klippen steil in die Höhe.

»Was peinigt dich so?« fragte Beck plötzlich, während sie dicht am Uferrand hinschritten.

»Die Furcht.«

»Furcht – wovor?«

»Das weiß ich nicht. Aber ich schwebe in Todesangst, dass meine Tochter Milly, jetzt mein einziges Kind, mir auch noch entrissen werden könnte. Letty war nicht die Erste, die an Gift gestorben ist. Mir graut bei dem Gedanken, sie könnte vielleicht nicht die Letzte sein.« Er bebte an allen Gliedern.

Beck ergriff seinen Arm. »John«, sagte er mit fester Stimme, »wenn ich dir helfen kann, so würde ich es schon um der alten Zeiten willen tun. Du siehst die

Dinge wohl schwärzer, als sie wirklich sind. Bitte, sage mir offen heraus, was du fürchtest und was du weißt.«

»Es ist eine lange Geschichte, Paul.«

Den alten Schulgefährten kam es ganz natürlich vor, sich beim Taufnamen zu nennen und denselben Ton gegeneinander anzuschlagen, wie vor fünfundzwanzig Jahren. »Ich habe keine Eile. Erzähle mir's nur auf deine Weise, aber behalte nichts für dich.«

»Vor einem Jahr starb meine älteste Tochter Barbara plötzlich in Süddeutschland, wo sie in Pension war. Das Telegramm ging verloren und man hatte sie schon begraben, als ich ankam. Der Arzt meinte, sie sei einem Herzleiden erlegen. Damals glaubte ich ihm; es lag kein Grund vor, daran zu zweifeln. Aber jetzt bin ich überzeugt, dass sie auch mit Morphium vergiftet worden ist, wie meine arme Letty. Der Verlauf war der ganz gleiche. Noch am Morgen fühlte sich Barbara völlig gesund und frühstückte mit den andern Mädchen. Dann ging sie in ihr Zimmer, um Briefe aus England zu lesen, die sie erhalten hatte. Eine Stunde später fand man sie mit geschlossenen Augen im Lehnstuhl zurückgesunken. Man glaubte zuerst sie schlafe, aber sie war tot.«

»Und deine Tochter Letty starb auf ähnliche Weise?«

»Genau so. Ihre Zwillingsschwester Milly war mit Anna Coolin, ihrer Cousine, die bei uns auf Besuch ist, zu einer Gesellschaft von jungen Leuten am andern Ende der Stadt geladen, wo sie über Nacht bleiben wollten. Letty aber hatte die Einladung ausgeschlagen, um mich nicht allein zu lassen. Wir frühstückten miteinander und sie war wie immer lustig und guter Dinge, dann gingen wir zusammen aus. Wo der Pfad zum Seestrand abzweigt, trennten wir uns. Letty erwartete einen Brief von einer früheren Schulgefährtin und schlug den Weg nach der Stadt ein, um dem Briefträger zu begegnen. Ich ging zum Meer hinunter mit der Absicht, ein paar Makrelen zu fangen. An der Biegung der Straße warf mir Letty noch eine Kusshand zu. Ich sollte sie nicht mehr lebendig wiedersehen.

»Als ich nach einigen Stunden heimkehrte, fand ich das ganze Haus in Schmerz und Unruhe. Die beiden Mädchen waren eben nach Hause gekommen und hatten Letty quer über das Bett hingestreckt gefunden, als sei sie plötzlich umgefallen – sie war tot. Die Leichenschau erkannte auf Morphiumvergiftung. Sie müsse beinahe zehn Gran reines Morphium zu sich genommen haben, erklärte der Doktor; das sei genug, um binnen dreißig Minuten den Tod herbeizuführen.«

»Hatten deine Töchter vielleicht ein Liebesverhältnis?«

»Ich habe nie von etwas Derartigem gehört. Sie sind noch sehr jung, kaum der Schule entwachsen. Letty hatte ihr achtzehntes Jahr noch nicht vollendet. Dass sie und Milly Zwillingsschwestern sind, sagte ich dir ja schon. Barbara war genau ebenso alt, als sie vor einem Jahr in Deutschland vergiftet wurde.«

»Es waren muntere, lebenslustige Mädchen, sagst du?«

»So vergnügt wie die Vögel in den Zweigen. Den Gedanken an Selbstmord lass nur ganz beiseite.«

»Wenn Selbstmord und Zufall ausgeschlossen sind, so käme ein Mord infrage. Was für Leute waren im Hause, als deine Tochter Letty vergiftet wurde?«

»Nur langjährige treue Diener der Familie. Ebenso gut könnte man mich selbst verdächtigen. Es läge ja auch gar kein denkbarer Beweggrund vor und alle hatten sie lieb.«

Die Art, wie er das Wort »Beweggrund« aussprach, machte Beck stutzig; er blieb plötzlich auf dem einsamen Strand stehen, wandte sich um und sah Woodriff voll ins Gesicht. »Du verbirgst etwas vor mir, John. Ist dir ein Beweggrund für das Verbrechen bekannt?«

»Ich weiß von keinem!«

»Aber du hast eine Vermutung. Sei offen gegen mich, wenn ich dir helfen soll«.

»Der Gedanke ist so ungeheuerlich, dass ich ihn kaum zu fassen mag. Überdies ist es ja unmöglich.«

»Das zu beurteilen, musst du mir überlassen. Erst wenn man die Unmöglichkeit aus dem Weg geräumt hat, kommt man zu dem, was möglich ist«.

»Um dir alles zu erklären, muss ich etwas weit ausholen: Wir Woodriffs waren fünf Geschwister, vier Brüder und eine Schwester. Robert, der Älteste, wurde Arzt und ließ sich in Liverpool nieder. Sein einziger Sohn, Coleman Woodriff, erwählte denselben Beruf und erbte bei seines Vaters Tod die nicht sehr einträgliche Praxis. Mein zweiter Bruder Peter lebt seit dreißig Jahren in Chicago, wo es ihm gut geht. Er ist unverheiratet und verspricht jedes Jahr, uns zu besuchen. Mit dem, was ich dir erzählen will, hat er nichts zu schaffen. Der dritte Bruder bin ich und Dick war der jüngste. »Dick hasste Robert von Grund seiner Seele, aber er und ich waren die besten Freunde, bis es das Unglück wollte, dass wir beide dasselbe Mädchen liebten. Wir kämpften redlich zusammen, wie Brüder, um ihre Liebe und ich gewann den Preis. Meine arme Alice! Sie war die beste Frau, die je einen Mann beglückt hat, aber sie starb nach der Geburt der Zwillinge. Um ihretwillen waren mir die beiden Kleinen doppelt ans Herz gewachsen. Dick konnte seine Enttäuschung nicht überwinden. Es kam zu keinem Zerwürfnis zwischen uns, dazu war er ein viel zu rechtschaffenes Gemüt; aber er gab sein gutes Maklergeschäft in Liverpool auf und ging nach Australien, wo er vor drei Jahren gestorben ist. Er hatte sich auf die gewagtesten Spekulationen mit Grundstücken und Bauplätzen eingelassen, aber alles gelang ihm. Du kennst ja das Sprichwort: ›Unglück in der Liebe, Glück im Spiel.‹ So wurde er ein reicher Mann.

»Wir blieben in regem Verkehr bis zuletzt. Alle vier Wochen gab er mir Nachricht. Die Mädchen liebte er sehr; mehr im Andenken an Alice, glaube ich, als um meinetwillen. Alljährlich schickte er ihnen schöne Geschenke und bei seinem Tod hinterließ er ihnen sein gesamtes Vermögen, das sich fast auf eine Viertelmillion Pfund Sterling beläuft.«

»Allen drei zu gleichen Teilen?«

»Ja, oder falls eine sterben sollte, den Überlebenden, nachdem sie ihr achtzehntes Jahr erreicht hätten.«

Beck pfiff leise vor sich hin. »Wie aber, wenn keine achtzehn Jahre alt würde?« fragte er nach einer Pause.

»Darüber enthält das Testament keine Bestimmungen. Meinem Bruder Dick ist wohl eine solche Möglichkeit nicht in den Sinn gekommen. Aber ich habe einen Rechtsgelehrten darüber befragt und den Bescheid erhalten, dass, falls meine drei Töchter sterben, bevor sie das achtzehnte Jahr erreicht haben, das Testament meines Bruders keinen Wert mehr hat und das ganze Vermögen, das in Häusern und Ländereien besteht, dem Doktor Coleman Woodriff zufällt, der der gesetzliche Erbe des Verstorbenen ist.«

»Da haben mir ja einen klaren Beweggrund, der auch stark genug sein dürfte«, sagte Beck.

»Aber der Gedanke ist unsinnig«, versicherte Woodriff mit Bestimmtheit. »Selbst wenn man annehmen wollte, dass der Sohn meines Bruders ein solcher Teufel wäre, was ich für unmöglich halte, so kann er doch nichts damit zu tun haben. Er war in Liverpool, als Barbara vergiftet wurde. Er ist auch jetzt dort, während Letty hier an Gift gestorben ist.«

»Was für ein Mensch ist denn dieser Coleman Woodriff überhaupt?«

»Ein ganz braver und kluger Mann, wie ich höre, obgleich er nie auf einen grünen Zweig gekommen ist. Das wenige, was ich von ihm gesehen habe, hat mir nicht missfallen. Meine verwitwete Schwester – seine Tante – Frau Coolin, die in Liverpool wohnt und ihn kennt, liebt ihn sehr. Ihre einzige Tochter Anna ist bei uns zu Besuch.«

»Was hält denn Anna von Doktor Coleman?«

»Sie mag ihn nicht leiden, das steht fest. Aber junge Mädchen sind oft unvernünftig. Anna ist ein schüchternes, stilles kleines Ding, zwei Jahre älter als Milly, doch würde man sie für viel jünger halten; sie ist unerfahren wie ein Kind und kennt die Welt noch wenig. Trotz ihrer Abneigung gegen Doktor Coleman, weiß sie doch nur Gutes von ihm zu berichten, Glaube mir, Paul, du tust am besten, ihn ganz aus dem Spiel zu lassen, wenn du der Sache wirklich auf den Grund kommen willst.«

Wieder schwiegen sie eine geraume Weile. »Hat denn deine Tochter Letty den Brief erhalten, welchen sie erwartete?« fragte Beck endlich.

»Ich weiß es nicht. Das Feuer in ihrem Zimmer war ausgegangen, aber in der Asche fand sich etwas verbranntes Papier.«

»Und nirgends wurde eine Spur von Gift entdeckt?«

»Nicht die Geringste. Nach Aussage der Dienerschaft hat sie bei ihrer Rückkehr nichts gegessen. Ich habe ihre Tür gleich abgeschlossen in der Hoffnung, dass du kommen würdest.«

Es kostete den unglücklichen Vater offenbar die größte Anstrengung, auf Becks Fragen klaren, ruhigen Bescheid zu geben, während Schmerz und Furcht ihn zu überwältigen drohten. Schweigend und mit völlig ausdruckslosem Gesicht schritt Beck weiter, ohne den flehenden, Hilfe suchenden Blick seines Gefährten zu beachten. Endlich ertrug es Woodriff nicht länger. »Um Gottes willen, Mensch, so sprich doch ein Wort!« rief er.

»Ich weiß nichts, was zu sagen der Mühe lohnte«, gab Beck kurz zur Antwort.

»Glaubst du, dass ein Bubenstück verübt worden ist und dass Milly Gefahr droht?«

»Ich fürchte es.«

Mit der Selbstbeherrschung des armen Vaters war es aus. »Hilf mir, Paul«, flehte er verzweifelt, »rette mir die geliebte Tochter, mein einziges Kind! Gott erbarme sich meiner! Nicht wahr, du wirst mir beistehen um unsrer alten Freundschaft willen?« Inniges Mitgefühl leuchtete aus Becks Zügen auf, die wie verwandelt erschienen. »Nimm dich zusammen, John«, sagte er, dem Schulkameraden herzlich die Hand drückend. »Du wirst deine ganze Kraft brauchen, bevor die Sache zum Austrag kommt. Wie alt ist deine Tochter Milly jetzt?«

»In einem Monat wird sie achtzehn Jahre.«

»Das kürzt unser Geschäft ab. Könnte nicht dein älterer Bruder aus Chicago – Peter heißt er ja wohl? – dir auf der Stelle seinen Besuch machen?«

Woodriff starrte ihn an, als hätte er plötzlich den Verstand verloren.

»Ich meine, kann ich deinen ältesten Bruder vorstellen und etwa einen Monat lang bei dir im Hause wohnen, ohne Verdacht zu erregen?«

»Ganz gewiss. Niemand kennt ihn hier und alle sind davon unterrichtet, dass ich ihn längst erwarte.«

»Also, das ist abgemacht. Übermorgen wird dein Bruder Peter ganz überraschend aus Chicago eintreffen. Aber merke wohl, außer uns beiden soll niemand um das Geheimnis wissen. Keine Seele darf ein Wort davon erfahren.«

»Auch Milly und Anna nicht?«

»Unter keiner Bedingung. Sie müssen mich alle für Peter Woodriff halten. Heute möchte ich aber noch einen Blick in das Zimmer werfen, wo deine Tochter gestorben ist, ehe ich nach der Stadt zurückkehre.«

»Wenn du als Peter kommen willst, solltest du dich lieber vorher gar nicht hier zeigen", warf Woodriff klüglich ein.

»Weiß irgendjemand, dass du den Geheimpolizisten Beck hierher berufen hast?«

»Nur meine Tochter Milly.«

»So wird es doch gut sein, wenn ich erscheine; es schadet auch gar nichts, dass ich sowohl mit Paul Becks, als mit Peter Woodriffs Augen Umschau halte. Ich glaube schwerlich, dass eine der jungen Damen oder sonst jemand mich bei meinem nächsten Besuch erkennen wird. Wie sieht denn übrigens dein Bruder Peter aus?«

»Man sagt, dass er mir gleiche; nur ist er größer.«

Im Hause zeigte sich Milly Woodriff sehr schüchtern und ängstlich in Gegenwart des Detektivs aus London. Die sonst so stille Anna Coolin sorgte dagegen freundlich für ihn, leistete ihm bei der Mahlzeit Gesellschaft und führte ihn nach dem Zimmer, wo noch die Leiche ihrer Cousine lag.

»Kann ich Ihnen vielleicht irgendwie behilflich sein, Herr Beck?« fragte sie und schaute ihn mit ihren unschuldsvollen blauen Augen wehmütig an. »Ich habe die arme Letty sehr lieb gehabt.«

»Davon bin ich überzeugt, mein Kind", versetzte er in sanftem Ton. »Aber ich tue meine Arbeit am liebsten allein.«

Beck verschloss die Tür von innen und machte sich sogleich ans Werk. Nichts entging seinen raschen Blicken, seinen flinken Händen. Zuletzt fegte er noch den Staub vom Fußboden in einen Winkel und untersuchte ihn genau; dann ließ er die Asche im Kamin durch seine Finger laufen. Er fand darin ein blaues Glaskügelchen, das an einem Ende zu einer langen Nadel geschmolzen war, und ein halbverbranntes Stückchen von einer weißen Pappschachtel. Im Kehricht entdeckte er einen kleinen gewundenen Goldring von geringem Wert, ein schmales Endchen weißes ausgezacktes Band, ein Gewirr von hellfarbigen Seidenfäden nebst vielen Stecknadeln und Haarnadeln. Diese Schätze zeigte er John Woodriff in der hohlen Hand, bevor er Abschied nahm.

»Es sollte mich wundern, wenn ich nicht hier ein paar Buchstaben des Rätselworts hätte; nur muss es mir gelingen, sie aus dem Plunder herauszulesen", sagte er.

Zwei Tage später ließ sich ein großer, starkknochiger Mann, der, nach Anzug, Gestalt und Sprache zu urteilen, nur ein Yankee sein konnte, bei Herrn John Woodriff melden. Im ersten Augenblick war Woodriff ganz verblüfft. Als der Fremde ihn jedoch in seiner näselnden Sprache also anredete: »Wahrhaftig, John, du kennst deinen eigenen Bruder Peter nicht mehr. Und ich bin doch um die halbe Erde 'rum gefahren, weil ich dich mal wieder zu Gesicht bekommen wollte", da fasste er ihn bei der Hand und hieß Beck mit großer Herzlichkeit willkommen.

Dieser hatte sich für seine Rolle wunderbar herausstaffiert. Peter Woodriff aus Chicago war ein hochgewachsener Mann, fast drei Zoll größer als Herr Beck, dem er nicht im geringsten glich. Um die Augen und den Mund hatte er eine starke Familienähnlichkeit mit John Woodriff, die jedermann sogleich auffiel; man erkannte beim ersten Blick, dass sie Brüder waren. Als die beiden Mädchen gerufen wurden, um den Onkel Peter zu begrüßen, kamen sie schnell mit ihm auf vertrauten Fuß. Er war so klug und dabei so lieb und gut. Als er von ihrem Kummer hörte, zeigte er sich tief betrübt und bahnte sich damit den Weg zu aller Herzen.

Von Tag zu Tag wuchs ihre Liebe zu dem Onkel, der gegen beide Nichten die Güte selber war, doch schien Anna Coolin sein Liebling zu sein. Aus der früher so lustigen, lebensfrohen Milly Woodriff lastete der Verlust ihrer Zwillingsschwester noch zentnerschwer. Wenn sie auch von Zeit zu Zeit auf Augenblicke ihren Gram vergaß und ihre feurigen dunklen Augen wieder wie früher aufleuchteten, wenn sie einen der komischen Späße des Onkels mit heiterem Scherzwort erwiderte oder ein lustiges Liedchen zu trällern begann, so verstummte doch der fröhliche Laut gleich wieder, und der Glanz verschwand aus ihren Augen, weil die Erinnerung an ihren nie endenden Kummer von Neuem erwachte. Anna war eine viel ruhigere Natur. Selbst der Schmerz konnte sie nicht aus ihrem stillen Gleichmut bringen. Sie bildeten einen merkwürdigen Gegensatz, der große, derbe, weltkluge Mann und das harmlose, kleine, unschuldige Mädchen, aber jedenfalls fühlten sie sich sehr zueinander hingezogen.

Peter Woodriff sah sich von Anfang an in den engsten Familienkreis aufgenommen. Er spielte seine Rolle so ganz natürlich, dass John Woodriff, dem jede Verstellung fremd war, sich häufig darauf ertappte, dass er unwillkürlich mit ihm sprach und sogar an ihn dachte, als ob er wirklich sein Bruder wäre. Während Peter Woodriff seine Nichte Anna mit Freundlichkeit überhäufte, bewies sie ihm ihre Zärtlichkeit durch allerlei kleine vertrauliche Mitteilungen über ihr Leben daheim in Liverpool, die ihn höchlich zu interessieren schienen. Dass sie ihren Vetter Coleman nicht leiden könne, gestand sie ganz offen; nach einer Weile stellte sich auch heraus, dass der Doktor der schüchternen Kleinen den Hof gemacht und sie durch seine Bewerbungen erschreckt hatte. Ein andermal machte sie sich Vorwürfe, ob sie auch ihrem armen Vetter in der

Gunst des reichen Onkels nicht geschadet habe, klagte, dass sie so vorurteilsvoll sei, lobte die Herzensgüte und Tüchtigkeit des jungen Doktors und erzählte zum Beweis allerlei Geschichten von seiner Behandlung armer Patienten.

So vergingen der trauernden Familie mehrere Wochen auf möglichst angenehme Weise. Die heilende Zeit hatte die erste heiße Qual ihres Kummers gestillt und selbst die Furcht, die in John Woodriffs Herzen lauerte, halb eingeschläfert. Onkel Peter schien übrigens mehr Gefallen an der Gesellschaft seiner Nichten, als an der seines Bruders John zu finden, der ihn ruhig gewähren ließ. Häufig gingen die Mädchen dem Briefträger entgegen, wenn er die Postsachen aus der Stadt brachte, und der Onkel versäumte es nie, sie auf diesen Gängen zu begleiten. Nach dem zweiten Drittel des Wegs gelangte man zu einer Säule mit einem roten Briefkasten. An diese gelehnt, pflegte der Onkel seine Zigarre zu rauchen, während die Mädchen sich vom Postboten ihre Briefe einhändigen ließen.

An einem Oktobermorgen – es war ein denkwürdiger Tag für alle Beteiligten – fiel die Ernte an Briefen besonders reichlich aus; auf Millys Teil kam überdies noch als schönster Preis eine keilförmige Schachtel mit Hochzeitskuchen, die zierlich in weißes Papier gewickelt und mit einem hellblauen Siegel verschlossen war. Beglückt eilten die Mädchen mit ihren Schätzen nach Hause zurück, setzten sich im Wohnzimmer ums offene Feuer, erzählten einander, was in den Briefen stand, und lasen sich einzelne Stellen vor, während Onkel Peter, in die Zeitung vertieft, mit der Zigarre im Schaukelstuhl saß.

Den Hochzeitskuchen hatte Milly als Bestes bis zuletzt aufbewahrt. Die Pappschachtel war nach hergebrachter Weise mit einem schmalen, weißen, ausgezackten Bändchen zugebunden. In der Schachtel lag eine Visitenkarte, auf der die Namen in Silberdruck standen; den Namen der Braut durchbohrte ein silberner Pfeil.

»Luise Thompson!« rief Milly überrascht und enttäuscht. »Sieh nur Anna, was soll das heißen? Ich kenne doch keine Luise Thompson.«

»Vielleicht hat sie Freunde, die dich kennen und dir den Kuchen geschickt haben. Jedenfalls ist die Adresse ganz richtig und der Kuchen sieht sehr verlockend aus.«

»Du sollst die Hälfte haben", sagte Milly großmütig; »hier nimm ihn und teile selbst.«

Anna nahm die Schachtel und teilte den Kuchen sehr bedächtig mit einem Falzbein in zwei Teile, legte ihn auf einen Briefbogen und warf die Schachtel nebst ihren Hüllen ins Feuer. Dann schob sie Milly das Papier so hin, dass diese den größeren Teil bekam. Die dunklen, keilförmigen Kuchenstücke mit dem dicken Rand von Zuckerguss sahen auf dem weißen Papier höchst appetitlich aus. Milly wollte eben ihr Stück ergreifen, als Onkel Peters große Hand so plötzlich dazwischenfuhr, dass die Mädchen erschraken.

Er fasste das Papier an einer Ecke und drehte es ruhig um, sodass Annas Stück vor Milly und Millys Stück vor Anna lag. »Tu hast wohl nichts dagegen, mit Milly zu tauschen, Ännchen? Tu' es mir zum Gefallen.«

Mehr sprach er nicht, aber er sah sie dabei an. Ihre rosigen Wangen verfärbten sich, und sie wurde geisterbleich bei diesem Blick. Plötzlich, als wäre ihm die Maske abgefallen, erkannte sie Herrn Becks Gesicht und sah Becks Augen unverwandt auf sich gerichtet.

Sie stieß einen Schrei aus, ergriff das Papier mit dem Kuchen und wollte es ins Feuer werfen. Aber eine feste Hand umklammerte ihr Gelenk, während mit der andern Onkel Peter sich des Kuchens bemächtigte, indem er gelassen sagte: »Nur nicht so hastig, Anna, nicht so hastig! Wenn du jetzt das Stück Kuchen noch nicht essen magst, will ich es verwahren, bis es gebraucht wird.«

Er ließ ihre Hand los und sie glitt wie ein Schatten aus dem Zimmer.

Der ganze Auftritt hatte sich so rasch abgespielt, dass Milly nichts davon verstand. »Was hast du denn Anna getan, Onkel?« rief sie erstaunt. »Und wo ist mein schönes Stück Kuchen hin?«

»Wir haben nur einen kleinen Scherz miteinander gehabt, Anna und ich", erwiderte er ruhig. »Der Kuchen würde dir, glaube ich, nicht gut bekommen sein, Milly.« Damit schlenderte er langsam zur Tür hinaus.

»Es ist schauderhaft, kaum menschenmöglich! Ein so teuflischer Plan!« sagte John Woodriff, als ihm zehn Minuten später der Vorfall in seinem Studierzimmer mitgeteilt wurde, »Bist du auch deiner Sache gewiss, Paul?«

»Nichts in der Welt ist mir gewisser", sagte Beck mit tiefem Ernst.

»Ich kann es nicht glauben. Das schüchterne, bescheidene, unschuldige kleine Ding! Die arme Letty. Und auch Milly, die ihr immer so lieb war!«

»Ja, so lieb, wie die lustigen kleinen Vögel der Katze mit den Samtpfötchen. Ich habe es gleich von Anfang an gemerkt, dass sie ihre Klauen nur versteckte.«

»Aber wenn du so sicher bist, warum hast du sie nichts gleich festgenommen?«

»Weil ich mein Netz erst herausziehen will, wenn es ganz voll ist.« »Aber sie wird uns entkommen, und dann –«

Beck legte ihm die Hand auf die Schulter. »Tritt vom Fenster weg", flüsterte er. »Jetzt sieh dorthin.«

Eine Mädchengestalt glitt rasch und sachte wie ein Gespenst um die Hausecke und verschwand. »Sie ist entflohen", rief Woodriff aufgeregt.

»Nur kaltes Blut", sagte Beck. »Sie läuft fort, um ihren Brief in den Kasten an der roten Säule zu stecken. Keine Stunde wird vergehen, und sie ist wieder hier.«

Die Wartezeit schien endlos lang. Es war ihnen, als hätte es drei Stunden gedauert, statt einer, bis sie die schlanke Gestalt um die Ecke schlüpfen und ins Haus zurückkehren sahen. Mehrere Türen wurden leise geöffnet und geschlossen, und gleich darauf verkündete ein leichter Schritt im oberen Stockwerk, dass Anna Coolin wieder in ihrem Zimmer war.

»Jetzt ist die Reihe an mir", sagte Beck. »Warte hier auf mich",

Und ohne ein Wort der Erklärung schritt er in größter Eile über den Rasenplatz davon. John Woodruffs zweite Wartezeit war kürzer, allein er verging fast vor Ungeduld. Ehe noch eine Stunde um war, trat Beck keuchend vom raschen Lauf wieder ins Zimmer.

»Ich habe mein Netz herausgezogen und den Fisch gefangen", sagte er und nahm aus der Tasche ein Netz von dünnen Seidenfäden, die so fein waren wie ein Spinngewebe. In den fast unsichtbaren Maschen hing ein Brief. »Ein schlauer, aber höchst einfacher Kunstgriff, den ich dem geschicktesten aller Postdiebe abgelernt habe. Man steckt das Netz in die Spalte des Briefkastens, und wer nichts davon weiß, sieht die Fäden nicht. Hier die Springfeder aus feinem Draht hält das Netz offen und alle Briefe fallen hinein. Gleich heute Morgen, nachdem der Hochzeitskuchen abgegeben wurde, habe ich meine Vorrichtung angebracht – es war nicht das erste Mal. Noch fünf andre Fische hatten sich außer diesem gefangen; die habe ich alle wieder zurückgeworfen. An wen glaubst du wohl, dass der Brief gerichtet war, John?«

»An Dr. Coleman Woodriff in Liverpool.«

»Richtig geraten. Und Fräulein Anna hat die Adresse geschrieben, zwar mit etwas zitteriger Hand, aber es ist doch unverkennbar ihre Schrift. Jetzt werde ich mir die Freiheit nehmen, nachzusehen, was Anna Coolin ihrem Vetter, der ihr so widerwärtig ist, mitzuteilen hat.« Er öffnete den Brief ohne Weiteres und las:

»Einzig Geliebter!

Im letzten Augenblick ist noch alles entdeckt worden. Der Mann, von dem ich Dir schrieb, Onkel Peter, hat sich als ein verkleideter Detektiv entpuppt. Eben wollte Milly den Kuchen in den Mund stecken, da griff er ein. Im selben Moment erkannte ich ihn und las in seinen Augen, dass er alles weiß. Durch welche Teufelskunst es ihm gelungen ist, das wohlbewahrte Geheimnis zu erraten, ahne ich nicht. Glaube mir, Geliebter, ich bin nicht schuld daran. Rette, rette Dich, solang es noch Zeit ist. Von mir werden sie nichts erfahren, darauf kannst Du Dich verlassen. Du warst mein einziges Glück auf der Erde; Dich zu verlieren ist mein einziger Kummer, nun ich sie verlasse. Wenn diese Zeilen Dich erreichen, bin ich nicht mehr am Leben. Den schlauen Detektiv habe ich, trotz seiner Klugheit, überlistet. Ich fand den vergifteten Kuchen, den er versteckt hatte, und – –«

Beck las nicht weiter; eine Verwünschung auf den Lippen stürzte er aus dem Zimmer und die Treppe hinauf. John Woodriff folgte ihm auf den Fersen. Er klopfte an Anna Coolins Tür. Dann drückte er auf die Klinke. Das Zimmer war verschlossen. Ohne Zögern rannte er mit der Schulter gegen die Tür, dass sie krachend zerbarst. Drinnen war es ganz still. Hinter den hellen Kattunvorhängen lag Anna Coolin auf der weißen Decke, hold und schön, wie eine reine Lilie – sie war tot. Die reiche Fülle ihres hellblonden Haares lag wie ein Heiligenschein lose auf ihrem Kissen ausgebreitet, ein zärtliches Lächeln spielte um ihre bleichen Lippen. Sie sah aus wie ein von Meisterhand gemeißeltes Bild der schlafenden Unschuld.

Die beiden Männer, die auf sie niederschauten, überkam fast ein Gefühl des Mitleids – so groß ist die Zaubergewalt, die die Schönheit auszuüben vermag.

»Wir kommen zu spät", sagte Beck endlich mit leiser Stimme. »Es ist wunderbar, dass eine Teufelin so sehr einem Engel gleichen kann.«

»Gott sei Dank, dass es nicht meine arme Milly ist, die dort liegt", erwiderte Woodriff tief erschüttert. »Dies verruchte Mädchen hat selbst für sich die Todesart gewählt, die sie ihr zugedacht hatte. Sie hat sich der irdischen Gerechtigkeit entzogen, aber der Mann, von dem sie zu dem Verbrechen verführt wurde – –«

»Der soll nicht leer ausgehen. Ich bringe ihn an den Galgen", fiel ihm Beck mit großer Zuversicht ins Wort.

Und so geschah es auch.

EIN WETTLAUF

»Könnten Sie wohl einen Abstecher nach Irland machen, Herr Beck?«

»Warum nicht?«

»Vielleicht schon heute Abend mit dem Postschiff?«

»Gewiss. Was soll ich denn aber tun, wenn ich drüben bin?«

»Es ist eine peinliche Angelegenheit", sagte der gutherzige Herr Warmington, »Lassen Sie mich Ihnen alle Einzelheiten kurz erzählen, dann werden Sie selbst am besten beurteilen können, was für Schritte zu tun sind.«

Warmington war einer der reichsten und angesehensten Rechtsanwälte in London; ein großer, kräftiger Mann, für gewöhnlich die gute Stunde selbst und der beste Kamerad. Aber heute lag eine düstere Wolke auf seiner so heitern Stirn und man sah ihm die Unbehaglichkeit und Verlegenheit am Gesicht an, während er, auf den Kaminsims gelehnt, wo an dem schwülen Herbstabend noch kein Feuer brannte, nachdenklich mit seiner schweren goldenen Uhrkette spielte.

»Eine peinliche Angelegenheit, Herr Beck", wiederholte er und tat einen Zug aus dem mit gutem altem Portwein gefüllten Glase, das neben ihm auf dem Kamin stand. »Sie kennen doch meinen Schwager, den Baron Burton?«

Beck nickte mit ernster Miene. Er hatte von Baron Burton wenig Vorteilhaftes gehört. »Ja, ja, er hat seiner Familie leider viel Sorge gemacht. Meine Frau erinnert sich noch von ihrer Kinderzeit her an manchen stürmischen Auftritt, der vorfiel, ehe er ins Ausland ging. Nach unsrer Heirat habe ich für ihn getan, was in meinen Kräften stand; es hat leider nur wenig genützt. Er war damals schon ein angehender Fünfziger, aber zügellos wie ein junges Füllen, wenn auch nicht geradezu schlecht. Doch wie's so geht – vor acht Jahren fiel ihm ganz unvermutet ein Glück in den Schoß: Er heiratete eine junge, schöne Erbin, die sich sterblich in den schon ältlichen Tunichtgut verliebt hatte. Solange sie lebte, blieb er auf geraden Wegen, und als sie vor etwa einem Jahr starb, war er trostlos. Wie unbedingt sie ihm vertraut hatte, bewies sie durch ihr Testament, das ihn zum alleinigen Erben ihres Vermögens einsetzte. Sie hinterließ ihm nicht nur alles Geld, sondern auch den Grundbesitz, weil sie ›fest überzeugt war, dass er für ihr teueres Kind, Florence, aufs Liebevollste sorgen werde‹, wie sie schreibt.

»Zuerst hatte er auch den besten Willen, seine Pflicht zu tun, das muss man ihm lassen. Kaum zwei Wochen nach dem Tod seiner Frau kam er zu mir und bat mich, ihm eine Urkunde aufzusetzen, deren Bestimmungen sich nicht wieder umstoßen ließen; er wollte sein ganzes Besitztum in Wiltshire, das aus einer Jahresrente von fünftausend Pfund und einem schönen Haus mit Garten besteht, seiner kleinen Tochter verschreiben, während er für sich nur ein mäßiges

Einkommen aus dem beweglichen Vermögen seiner Frau zurückbehielt. ›Ich kann mich nicht auf mich selbst verlassen, Warmington‹ sagte er, ›das ist das Kurze und Lange von der Geschichte. Wenn ich Geld habe, streue ich es gleich mit vollen Händen aus.‹ Natürlich trug ich Sorge, dass das Dokument von so bindender Kraft war, als das Gesetz es irgend zulässt, und Burton unterschrieb es ohne ein Wort der Widerrede. Er schien sein kleines Mädchen wirklich sehr lieb zu haben; es musste ihn überallhin begleiten, selbst ins Theater nahm er es mit. Meiner Frau – sie ist ihre Tante – ging die Kleine immer im Kopf herum, und da sie meinte, es würde ihr gut tun, eine Weile mit Kindern ihres Alters zusammen zu sein, lud sie letztes Jahr zum Weihnachtsfest ein; sie sollte die Bescherung und alle Freuden der Feiertage mit unsern Kindern teilen.

»Ihr Vater kam mit ihr von dem Landsitz in Wiltshire nach der Stadt herein und ließ sie bei uns; er selbst wollte jedoch nicht bleiben. Vielleicht war die Einsamkeit schuld, dass der alte Bummlergeist wieder in ihm erwachte. Er nahm seine früheren Gewohnheiten wieder von Neuem auf, trieb sich in Winkeltheatern und Tingeltangeln herum, wo er öfters hinter als vor den Kulissen zu finden war. In einer Unglücksstunde machte er bei solcher Gelegenheit die Bekanntschaft von Fräulein Trixie Mordant, einer lebenslustigen und zugleich schlauen jungen Dame, die als Stern auf der Varietätenbühne glänzte. Sie werden Fräulein Trixie in rosa Trikot gewiss schon auf allen Plakatsäulen gesehen haben, Herr Beck.

»Wenn ein Mann, der nahe an sechzig ist, sich noch einmal verliebt, so lässt er sich um den Finger wickeln. Das schlaue Geschöpf hatte ihn bald so weit, dass er ihr einen Heiratsantrag machte, und verlangte dann einen Ehevertrag, der ihr eine schöne Rente sicherte. Sie hatte ein Auge auf sein Besitztum in Wiltshire geworfen, aber er glaubte, dass er darüber nicht mehr verfügen könne, und ich hütete mich wohl, ihn darüber aufzuklären. Er war ganz außer sich, dass er so töricht gewesen war, das Gut seiner Tochter zu verschreiben. Dadurch war ihm die Möglichkeit geraubt, Fräulein Trixie, der Herrlichsten ihres Geschlechts, einen Beweis seiner Verehrung zu geben. Aber Fräulein Trixie zog ihrerseits Erkundigungen bei den Advokaten Sharkey & Snippit ein, den geriebensten Leuten in der ganzen City. Da kam denn natürlich alles zutage, und es dauerte nicht lange, so hatten sie meinen trefflichen Schwager über seine gesetzlichen Befugnisse genau unterrichtet. Wie ich erfahren habe, sind sie augenblicklich damit beschäftigt, den Ehevertrag aufzusetzen und das ganze Besitztum Fräulein Trixie Mordant zu verschreiben ›aus Anlass ihrer Heirat mit dem Baron Pierce Burton.‹«

»Aber das kann das Gesetz doch unmöglich gestatten, nachdem er es einmal urkundlich an seine Tochter abgetreten hat", sagte Beck.

Der Rechtsanwalt lächelte mit überlegener Miene. »Es passt schlecht zu meiner Stellung", sagte er, »wenn ich mich absprechend über unser Gesetz äußere;

aber dass es recht sonderbare Bestimmungen enthält, lässt sich nicht leugnen. Sehen Sie, die Urkunde zugunsten der kleinen Flora ist nur eine ›freiwillige Zuwendung‹, wie man das nennt. Auf freiwillige Zuwendungen legt aber das Gesetz wenig Wert; ihm gilt natürliche Liebe und Zärtlichkeit nichts im Vergleich mit einem Ehevertrag und würde er auch mit Trixie Mordant geschlossen. Wenn das Besitztum in Wiltshire dieser jungen Dame aus Anlass ihrer Heirat mit dessen Eigentümer zugeschrieben wird, so ist nach einem alten Erlass aus der Zeit der Königin Elisabeth die ›freiwillige Zuwendung‹ an die arme kleine Flora nicht das Pergament wert, worauf sie geschrieben steht.«

»Das ist ja ein recht spitzbübisches Gesetz.«

»Sie sind nicht der einzige Mensch, der dieser Ansicht ist, Herr Beck; Sie sprechen sich nur etwas kürzer und bündiger aus als der berühmte Lord, der neulich im Oberhaus äußerte: ›Es will uns nicht recht einleuchten, dass es mit redlichen Dingen zugehen kann, wenn jemand etwas verkauft, was ihm nicht gehört, und die Kaufsumme für sich behält und dass ein anderer, der alle Umstände kennt, ihm von Rechts wegen behilflich sein darf, den Eigentümer zu berauben. Ein solches Verfahren ist für einen Laienverstand schwer begreiflich und hat selbst für den juristisch Denkenden etwas Unbefriedigendes.‹«

»Aber der Mann wird sich doch nun und nimmermehr auf ein solches Gesetz berufen, um sein eigenes Kind zu berauben!« rief Beck.

»Das steht noch keineswegs fest. Ich glaube, über kurz oder lang wird er es doch tun, wenn sich ihm die Gelegenheit bietet. Einstweilen kämpft sein Gewissen noch gegen seine Vernarrtheit, aber ich fürchte, es wird bald unterliegen. Die schlaue Dirne spielt mit ihm wie der Fischer mit dem Lachs, den er am Haken hält. Sie hat sich in ein Stranddorf an der Westküste von Irland geflüchtet und schwört hoch und teuer, dass sie ihm auch nicht einen Blick gönnen wolle, bis die Urkunde unterschrieben ist.«

»Und wo ist er?«

»Auch in Irland. Der Ort heißt Rathcool und liegt im Süden. Er kann es nicht aushalten, wenn das Meer zwischen ihm und seiner Göttin fließt, obgleich sie jetzt durch die ganze Breite der Insel voneinander getrennt sind. Täglich fliegen Briefe und Telegramme zwischen ihnen hin und her. Lange wird er nicht mehr widerstehen können, fürchte ich.«

»Was lässt sich denn aber in der Sache tun? In ein Irrenhaus könnte man ihn wohl nicht sperren?«

»Leider nein. Wenn jeder Mann, dem ein Weib den Kopf verdreht, ins Tollhaus käme, so würden bald mehr Leute eingesperrt als in Freiheit sein.«

»Könnten Sie sich nicht an das edlere Gefühl der jungen Dame wenden?«

»Es ist keins bei ihr vorhanden.«

»Und das Gesetz haben Sie gegen sich?«

»Jawohl – nach seinem jetzigen Wortlaut.«

»Dann scheint mir jeder Ausweg verschlossen.«

»Doch nicht so ganz. Wenn das Glück uns günstig ist, können wir das Gesetz ändern und der Dame Schach bieten. Ich komme jetzt auf den eigentlichen Kernpunkt der Sache. Dass ich im strengsten Vertrauen zu Ihnen rede, bedarf wohl nicht erst der Erwähnung. Schöpfen unsre Gegner auch nur den leisesten Verdacht, so haben wir das Spiel verloren und können die Karten nur gleich fortwerfen.«

Warmington beugte sich zu Beck nieder und sprach unwillkürlich in gedämpftem Ton: »Wir haben in aller Stille im Hause der Lords die Aufhebung jenes alten Erlasses aus der Zeit der Königin Elisabeth in Anregung gebracht. Der Großkanzler selbst befürwortet den Antrag. Sobald die königliche Zustimmung erfolgt, ist das Besitztum des Kindes gesichert. Im Oberhaus ist das Gesetz schon auf dem besten Wege und einer unsrer beliebtesten Juristen ist bemüht, es im Unterhaus durchzudringen. Wenn es dort in dritter Lesung angenommen worden ist, so hat der Großkanzler versprochen, uns am folgenden Tage die königliche Zustimmung zu verschaffen",

»Es handelt sich also darum, was schneller zustande kommt, das Gesetz oder der Erbvertrag – und der Preis des Wettrennens ist eine Jahresrente von fünftausend Pfund?«

»Ganz richtig.«

»Ich verstehe nur nicht, was ich dabei tun soll.«

»Sie sollen mir den Gefallen tun, sich nach Mount Eagle zu begeben, wo Fräulein Trixie ihr Lager aufgeschlagen hat, um sie im Auge zu behalten, bis unser Geschäft abgemacht ist. Sharkey & Snippit haben nämlich scharfe Augen und Ohren und sind verschwiegen wie das Grab. Kein Mensch kann wissen, ob sie Lunte gerochen haben oder nicht. Aber dass sie in fortwährender Verbindung mit Fräulein Trixie stehen, ist sicher. Wenn Sie nach Irland gehen, bekommen Sie vielleicht dort einen Einblick in die Karten, denn Fräulein Trixie ist ebenso lebhaft und mitteilsam, als jene beiden zugeknöpft sind.«

»Das ist mir nicht klar. Sie brauchen doch bloß Ihr eigenes Geheimnis zu bewahren; das Spiel der andern zu durchschauen hat für Sie keinen Zweck.«

»Doch, doch! Und wir rechnen auf Ihre Hilfe. Nicht wahr. Sie werden uns beistehen? Die Kosten kommen gar nicht in Betracht. Wir möchten nur, dass Sie – Herein, herein!«

Ein winziges Händchen hatte angeklopft. Jetzt ging die Wohnstubentür langsam auf und ein kleines, hübsches, etwa siebenjähriges Mädchen erschien auf der Schwelle. Goldene Locken fielen ihr wie eine Mähne über die Schultern, ihre Blauäuglein blitzten schelmisch, und reizende Grübchen spielten in den rosigen Wangen. Beim Anblick des fremden Mannes wollte sie die Flucht ergreifen, aber Herr Warmington rief ihr freundlich zu: »Komm nur her, Flora!«, worauf sie schüchtern ins Zimmer trat.

»Dies ist Ihre Klientin, Herr Beck. Gib dem Herrn ein Händchen, Flora; er will viel für dich tun und dein guter Freund sein.«

Ein richtiger Instinkt mochte wohl der süßen kleinen Fee verraten haben, dass Beck alle Kinder lieb hatte. Sie kletterte auf seine Knie und spitzte ihr Mäulchen zu einem Kuss. »Danke schön", sagte sie, »nicht wahr, es ist eine große Puppe?« darauf beschränkte sich offenbar ihr Begriff von Freundschaft. »Ich habe sieben Kinder und einen hübschen Negerjungen", plauderte sie weiter, »aber gar keine Mama dazu. Weißt du, ich selber, habe auch keine Mama, sie ist tot in der Erde und in den Himmel gegangen. Aber Papa wird immer für mich sorgen.«

Herr Warmington lächelte gutmütig, während Beck mit seiner großen starken Hand, die so ungeschickt aussah und doch weicher war als manche Frauenhand, das dichte Goldhaar der Kleinen streichelte. »So, Flora", sagte ihr Onkel, »jetzt lauf fort und quäle Herrn Beck nicht länger. Du darfst dir eine Traube und zwei Biskuite vom Tisch mitnehmen, Schätzchen. Dann geh und spiele weiter. Mach auch die Tür hübsch hinter dir zu.«

Auf der Schwelle wandte sie sich noch einmal um. »Vergiss auch die Mama für meine Kinder nicht!« rief sie Beck mit warnend erhobenem Fingerchen zu. Und tags darauf kam wirklich eine große Puppe für Fräulein Florence Burton aus dem Spielzeugladen an.

Die Tür schloss sich hinter dem weißen Kleidchen mit dem blauen Gürtel und dem goldenen Lockenhaar. »Ich will gehen", sagte Beck entschlossen, »obgleich ich noch nicht weiß, was ich dort nützen kann. Es würde mir Freude machen, wenn ich imstande wäre, der niedlichen Kleinen einen Dienst zu erweisen.«

»Die Adresse der betreffenden Dame", versetzte Warmington hocherfreut, »ist Hotel Royal in Mount Eagle, Grafschaft Clare. Das Hotel liegt dicht am Seestrand und etwa dritthalb Meilen von dem Städtchen entfernt.«

»So will ich machen, dass ich noch mit dem Blitzzug fortkomme, der in drei Viertelstunden abfährt. Von morgen an ist meine Adresse: ›Herrn Jerome Blood-Smith, Hotel Royal, Mount Eagle.‹ Schicken Sie mir eine Depesche, wenn Sie etwas zu sagen haben; ich werde auch telegrafieren.« –

Nach den ersten Tagen ihrer freiwilligen Verbannung in die Grafschaft Clare fühlte sich Fräulein Trixie Mordant recht abgespannt. Die leidenschaftlichen Gefühlsergüsse ihres ältlichen Verehrers fand sie ebenso einförmig als trübselig. »Fünftausend Pfund im Jahr wären weitaus nicht genug, wenn das ewig so fortgehen sollte", murmelte das unromantische Fräulein Trixie, während sie den acht Seiten langen Brief zusammenballte und in den Kamin warf. »Nach der Hochzeit wird's anders werden.« Sie lächelte traumverloren, wenn sie an die lustigen kleinen Soupers dachte, die sie mit ihren Verehrern nach der Vorstellung einzunehmen pflegte. Diese Erinnerung machte ihr den jetzigen Zustand noch unerträglicher. Sie saß im Wohnzimmer in einem großen Lehnstuhl, hatte die Füße heraufgezogen und schaute mit unzufriedenen Blicken auf das blaue Meer hinaus, das sich in breiter Fläche bis zum Horizont ausdehnte. Nichts zu tun und keinen Menschen zur Unterhaltung, das war ihr Unglück. Im Hotel waren einige Prediger abgestiegen und ein reisender Engländer mit seiner steifen Gemahlin nebst drei wohlerzogenen Töchtern, doch diesen war die lebenslustige Trixie in ihrem schicken Radelanzug nur ein Gegenstand des Schreckens und des Abscheus. »Hätt' ich nur jemand, der mit mir über die Einfaltspinsel lacht, dann war's doch zum Aushalten!« seufzte sie voller Verzweiflung; dabei schweiften ihre Blicke von dem Meer, das vor ihr lag, nach dem Tennisplatz zur Linken und siehe da, das Schicksal hatte ihren Wunsch erfüllt und ihr Flehen sollte erhört werden.

Ein junger Mann, dessen auffallender Anzug auf einen Artisten der Spezialitätenbühne schließen ließ, schlenderte mit dem Jackett in der Hand auf dem Platz herum. Die roten und gelben Streifen seiner knapp anliegenden Flanelljacke strahlten in der Mittagssonne; auf seinem flachsfarbenen Haupthaar saß ein rundes Strohhütchen, dessen Band in allen Regenbogenfarben schillerte; ein blonder Schnurrbart verhüllte seinen breiten Mund und aus dem runden Gesicht sprach fade Geistlosigkeit. Fräulein Trixie spürte sogleich eine Seelenverwandtschaft und ihr Herz schlug ihm warm entgegen. Fünf Minuten später wanderte sie auch in einem cremefarbenen kurzen Wollkleide, braunen Schuhen und durchbrochenen seidenen Strümpfen auf dem Tennisplatz umher. Als sie dem jungen Mann dort begegnete, wurde sie ganz verwirrt und warf ihm nur einen schüchternen Blick unter ihren langen Augenwimpern zu, als er es wagte, sie anzureden.

Trotzdem waren sie nach ein paar Minuten schon mitten im lebhaftesten Tennisspiel; nach ein paar Stunden nannten sie einander »Trix« und »Jer«, als hätten sie sich von klein auf gekannt, und schon nach den ersten Tagen war der Gigerl sterblich verliebt in das muntere Fräulein und folgte seiner Angebeteten überall hin wie eine große Bulldogge. »Er ist ganz nach meinem Geschmack", schrieb sie an ihre Busenfreundin, Myrtle Monmorency vom Apollotheater, »Fein herausstaffiert, spart sein Geld nicht, ist ein so grüner Junge, wie man sich's kaum vorstellen kann, und ganz vernarrt in mein liebes Ich. Wir amüsieren uns zusammen wie die Götter, zum Entsetzen der alten Duckmäuser hier am Ort. Es kommt aber keiner dabei zu Schaden.«

So führte denn Fräulein Trixie ihren Jüngling, wohin sie wollte, und er war glücklich, wenn er ihr dienen und ihrem Wink gehorchen durfte. Sie spielten

Tennis miteinander, machten Ausflüge auf dem Fahrrad oder stolzierten zusammen am Seegestade entlang. Es war komisch und dabei fast traurig anzusehen, wie der kräftige junge Mann, der ein so albernes Gesicht machte, wenn seine großen, runden Augen vor Liebe strahlten, sich von der reizenden Theaterprinzessin so gänzlich umgarnen ließ.

»Morgen wollen wir zusammen baden gehen", sagte sie zu ihrem Gefährten, der im Wohnzimmer des Hotels neben ihr auf dem Sofa saß. »Stellen Sie sich doch nicht, als wären Sie eben aus dem Mond gefallen; für den Schwimmanzug werde ich schon sorgen ... Na, was gibt's denn schon wieder? – Herein!«

Es war ein Telegramm für Fräulein Mordant. Ein Ausruf entfuhr ihren rosigen Lippen, während sie es las, dann zerriss sie ärgerlich das Papier und warf die Stücke in den leeren Torfkasten, der neben dem jetzt unbenützten Kamin stand. »Ach, das hätte ich nicht tun sollen!« rief sie gleich darauf erschrocken. »Der alte Sharkey hat mir's noch ganz besonders ans Herz gelegt, ich solle vorsichtig sein. Holen Sie mir die Fetzen wieder, Jer; Sie sind ja so 'n guter Kerl.« Herr Jerome Blood-Smith steckte sofort seinen ganzen Kopf bis zu den Schultern in den Torfkasten, zog ruhig ein altes Telegramm aus der Tasche und riss es hinter dem Kasten verborgen in Stücke, ehe er Fräulein Trixies Papierfetzen herausnahm.

Sie zündete darauf ein Streichholz an und verbrannte die Stücke, die er ihr gab, in dem leeren Kamin. Eine halbe Stunde später machte Jerome Blood-Smith in seinem Schlafzimmer bei verschlossenen Türen ein Zusammensetzspiel aus dem zerrissenen Telegramm. Als es ausgebreitet auf dem Tisch lag, las er Folgendes: »Entdecke eben, dass Freunde der Kleinen Gesetzesantrag beim Parlament durchbringen, ihren Besitz zu sichern. Hoffe ihnen Schnippchen zu schlagen. Müssen Erbvertrag beschleunigen. Hat der Alte eingewilligt? Sharkey.«

Er hatte kaum fertig gelesen, da sah er auch schon Fräulein Trixie auf ihrem Fahrrad über den Rasenplatz vor dem Hotel dahinjagen. Im Nu war er draußen auf seinem Rad und hinter ihr drein. Eine Viertelmeile vor dem Postamt hatte er sie eingeholt. »Machen wir 'ne Tour zusammen?« fragte er.

»Erst muss meine Depesche fort sein. Sie hat Eile und den Dummköpfen im Hotel könnt' ich sie nicht anvertrauen.«

»Warum haben Sie mich nicht geschickt?«

»Sie waren verschwunden. Ich dachte. Sie hätten sich schlafen gelegt. Na, jetzt bin ich jedenfalls hier, also ist's einerlei.« behände glitt sie vor dem Postamt von ihrem Rad herunter und trat ins Telegrafenbüro, während Jerome Blood-Smith dienstfertig an der offenen Tür bei den Fahrrädern stehen blieb.

Der Telegraf war noch einer von den alten Apparaten, die durch gewissenhaftes Ticken die Buchstaben der Depesche angeben. Dass Jerome Blood-Smith dies Ticken verstand, war eines seiner vielen Talente, durch die er sich in einem andern Lebensberuf auszeichnete. So hörte er denn die Botschaft heraus, die lautete: »Sharkey & Snippit, Rechtsanwälte, London – Schicken Sie Erbvertrag umgehend. Der Alte hat versprochen zu unterschreiben. – Mordant.«

Als die Drahtantwort abgeschickt war und Fräulein Trixie zum Bureau hinaussegelte, stand ihr Verehrer draußen in stummer Bewunderung. Sie wollte sich ausschütten vor Lachen über sein einfältiges Gesicht und tat in ihrer übermütigen Laune, als wolle sie ihm mit der Fußspitze sein Strohhütchen vom Kopfe stoßen, was ihr ein leichtes gewesen wäre. »Haha, Jer, Sie Mondkalb; sperren Sie doch nicht so den Schnabel auf, sonst halten die Leute am Ende Ihren Mund für den Briefkasten.«

Als sie zusammen den Abhang hinabradelten, fiel Herrn Blood-Smith plötzlich etwas ein. »Donnerwetter, ich wollte ja auch ein Telegramm vom Stapel lassen", rief er. »Bitte, fahren Sie langsam, Trix. In einer Minute bin ich wieder hier.«

»Schon recht", gab sie lachend zurück. »Grüßen Sie Ihr Liebchen von mir und sagen Sie, ich sei nicht eifersüchtig.«

Er wandte sein Rad auf dem steilen Abhang um – gar kein leichtes Kunststück – und jagte nach dem Postamte zurück. »Sie wissen alles, Eile tut Not!« meldete er Herrn Warmington.

Dann folgte er wieder auf seinem Rad Fräulein Trixies Spuren. Unterdessen wurde in London das Spiel um den hohen Einsatz einer Jahresrente von fünftausend Pfund mit Eifer und Vorsicht betrieben. - - - -

Im Hause der Lords war das Gesetz über die »Freiwillige Zuwendung« glücklich durch alle drei Lesungen gelangt. An jenem Montag, als Herrn Blood-Smiths Depesche wie eine Bombe in Warmingtons Bureau eingeschlagen hatte, stand es gerade unter verschiedenen andern Gesetzesanträgen auf der Tagesordnung im Hause der Gemeinen. Es war daher kein Wunder, dass der gutherzige Rechtsanwalt sich in fieberhafter Aufregung befand. »Seien Sie nur ganz außer Sorge, werter Herr", sagte Sir Robert Ridley, der Kronanwalt, mit dem Warmington während der Mittagspause in der Halle auf und ab ging, »Ihr Freund – wie heißt er doch? – Beck – muss auf dem Holzwege sein. Es weiß kein Mensch etwas von unsern Absichten. Sie sollen sehen, wir bringen das Gesetz heute Abend noch durch, und dann hat Fräulein Trixie Mordant das Nachsehen.«

Die Parlamentsmitglieder hatten ihre Sitze wieder eingenommen; der Sprecher gebot Ruhe und der Sekretär schickte sich an, die auf der Tagesordnung stehenden Gesetzesanträge zu verlesen. Es ist der interessanteste, aber auch der sonderbarste Vorgang im Hause der Gemeinen; denn jedes Mitglied kann durch die Worte: »Ich erhebe Einspruch!« die Verhandlung über den vorliegenden Gegenstand hindern. Das Haus war an jenem Abend nur schwach besetzt; aber jedes einzelne Mitglied, das für oder gegen einen Antrag stimmen wollte, befand sich auf dem Posten. Zuerst ging alles glatt und einige Gesetze wurden glücklich durchgebracht; dann aber wandte sich das Blatt plötzlich.

»Das Gesetz gegen Verfolgung Andersgläubiger.«

»Ich erhebe Einspruch!«

»Das Lebensmittelfälschungsgesetz.«

»Ich erhebe Einspruch!«

»Das Gesetz über den ambulanten Milchverkauf.«

»Ich erhebe Einspruch!«

»Das Gesetz über den Vogelschutz.«

»Ich erhebe Einspruch!«

»Das Gesetz über Lohnerhöhung für die Straßenkehrer.«

Als keine Stimme dagegen laut wurde, lüftete das Mitglied, das den Antrag eingebracht hatte, seinen Hut, wie es die Parlamentssitte heischt, wenn eine zweite Lesung gewünscht wird. »Die Frage ist, ob über dieses Gesetz die zweite Lesung erfolgen soll", verkündete der Sprecher.

»Ich erhebe Einspruch!«

Der Antragsteller beruhigte sich jedoch hierbei nicht. »Mit gütiger Erlaubnis des Hauses möchte ich das ehrenwerte Mitglied bitten, nicht auf seinem Einspruch zu beharren. Das Gesetz findet bei allen Parteien des Hauses Unterstützung. Es würde nicht nur für eine höchst verdienstvolle Arbeiterklasse die größte Wohltat sein, sondern auch dem Publikum im Allgemeinen zugutekommen. Deshalb ersuche ich das geehrte Mitglied angelegentlich –«

»Ich erhebe Einspruch!«

»Hol' Sie der Henker!« Der Ausdruck war im ganzen Hause vernehmbar; nur der Sprecher hatte wohlweislich taube Ohren. »Ruhe, Ruhe!« rief er, um dem schallenden Gelächter Einhalt zu tun. »Das Gesetz über freiwillige Zuwendungen.«

Der Kronanwalt Ridley lüftete seinen Hut. »Die Frage ist, ob die zweite Lesung dieses Gesetzes erfolgen soll. Ich bitte die Herren, mit Ja oder mit Nein zu stimmen.«

»Also Ja hat die Mehrheit", verkündete der Sprecher, als alles still blieb.

Nun wurde die zweite Lesung der einzelnen Paragrafen vorgenommen und ohne Anstand beendet. Warmington, der seinen Platz unter der Zuschauergalerie hatte, strahlte vor Entzücken. Während sich der Sprecher abermals erhob, um die dritte Lesung zu beantragen, kam der Kronanwalt Hardy mit einem offenen Brief in der Hand eilig den Gang herunter und nahm nicht weit von Ridley seinen Platz ein.

»Die Frage ist, ob die dritte Lesung des Gesetzes erfolgen soll", rief der Sprecher.

»Ich erhebe Einspruch!« tönte es kurz und scharf wie ein Pistolenschuss aus Hardys Munde.

»Vielleicht würde mein ehrenwerter und gelehrter Freund erwägen –« begann Ridley.

»Ich erhebe Einspruch!« rief der andre noch lauter als zuvor.

»Aber ich möchte das geehrte Mitglied doch bitten –«

»Ruhe! Ruhe!« unterbrach ihn der Sprecher. »Das Gesetz über den Fahrradverkehr",

Von dem Gesetze über »Freiwillige Zuwendungen« durfte an jenem Abend nicht mehr die Rede sein.

»Warum in aller Welt haben Sie das getan?« fragte Ridley seinen Freund Hardy, als sie kurz darauf zusammen das Haus verließen.

»Sharkey hat mich darum gebeten. Ich konnte es ihm nicht gut abschlagen; bekomme immer einen Haufen Arbeit von ihm. Sein Brief wäre um ein Haar zu spät gekommen. In der nächsten Minute hätten Sie das Gesetz glatt durchgebracht.«

»Es ist jammerschade. Wissen Sie denn überhaupt, um was es sich dabei handelt?«

»Ich? Bewahre.«

»Hier ist die Abschrift des Gesetzes. Werfen Sie nur einen Blick darauf.«

»Kurz und bündig. Es scheint alles in Ordnung. Die Bestimmung über ›Freiwillige Zuwendungen‹ hätte schon längst geregelt werden sollen. Was hat den alten Sharkey nur geplagt, dass er mich angestiftet hat, Einspruch zu erheben?«

»Das kann ich Ihnen sagen.« Und er erzählte ihm die ganze Geschichte mit wenigen Worten.

Hardy pfiff ärgerlich vor sich hin. »Es tut mir herzlich leid, lieber Kollege", sagte er: »Sharkey sollte sich schämen, dass er mir zumutet, sein schmutziges Zeug zu waschen. Dergleichen soll nicht wieder vorkommen, das verspreche ich Ihnen",

»Besten Dank. Aber ich fürchte, Ihre Reue kommt zu spät. Der alte Sharkey wird uns schwerlich Zeit und Gelegenheit geben, einen zweiten Versuch anzustellen.« –

Um nächsten Morgen war Fräulein Trixie Mordant im fernen Mount Eagle schon frühzeitig auf und befand sich in großer Unruhe. Sie stand bereits vor dem Telegrafenbüro, als es geöffnet wurde, der unvermeidliche Jerome Blood-Smith natürlich dicht neben seiner Angebeteten. Die Botschaft, die der Vielgetreue in seinen ziemlich großen Ohren ticken hörte, während er an der Tür die Fahrräder bewachte und Fräulein Therese drinnen im Telegrafenbüro stand, lautete: »Alles nach Wunsch. Dritte Lesung gestern verhindert. Snippit fährt mit dem Frühzug nach Rathcool ab und bringt Erbvertrag zur Unterschrift. Sharkey.«

»Hurra!« jubelte Fräulein Trixie seelenvergnügt, als ihr das geschriebene Telegramm von dem höflichen Beamten eingehändigt wurde. Als sie jedoch, das Papier seelenvergnügt in der Hand schwingend, hinauseilte, sah sie nur noch den Rücken von Jerome Blood-Smith, der, über die Lenkstange seines Fahrrades gebeugt, den Hügel hinauf ins Hotel zurückjagte.

»Du meine Güte", rief sie verwundert aus, »was ist denn dem Einfaltspinsel in die Krone gefahren? Vielleicht hat ihn eine Wespe gestochen. Und ich war gerade auch in der Laune, ihm ein bisschen aufzukratzen. Fünftausend Pfund Rente und ein Schloss, und alles nur meinem eigenen Scharfsinn zu verdanken? Es ist wirklich kolossal. Die Herzoginnen der Grafschaft werden sich umgucken. Ich muss jetzt ganz allein einen Extraritt auf dem Rad machen und tüchtig ausgreifen, um mir Luft zu schaffen, sonst platze ich.«

In seinem verschlossenen Zimmer saß unterdessen Herr Beck – denn der war er jetzt wieder, trotz seines blonden Schnurrbartes und seiner rosigen Wangen – und hatte das Kursbuch und eine große Eisenbahnkarte von Irland auf seiner Bettdecke ausgebreitet. Nachdem er gewisse Züge mit dem Blaustift angestrichen hatte, bezeichnete er auf der Karte einen Punkt der Südbahn am Anfang der steilsten Senkung, die auf der ganzen Linie vorkommt, wo die Landstraße diese mittels einer Brücke kreuzt. Dieser Punkt lag genau in der Mitte zwischen zwei Stationen. Bei der drittnächsten Station weiterhin schloss sich die Rathcool- und Knockcrany-Zweigbahn mit schmaler Spurweite an, die etwa dreißig Meilen lang war und in Rathcool endigte. Der Blitzzug fuhr um acht Uhr abends an dem bezeichneten Punkt vorbei und traf auf der Station Knockcrany den letzten Zug der Zweigbahn. Der nächste Lokalzug fuhr erst am andern Tage um halb drei Uhr nachmittags ab und kam um ein Viertel auf fünf in Rathcool an.

Nun maß Beck sorgfältig mit dem Zirkel die Entfernung zwischen dem mit Blaustift markierten Punkt auf der Karte und Mount Eagle in der Grafschaft Clare und berechnete die Meilen nach dem Maßstab.

»Etwas über hundert Meilen", murmelte er. »Die Zeit würde hinreichen; aber verdammt gefährlich ist die Geschichte und so gesetzwidrig als nur möglich. Doch meinetwegen. Ich habe den Gerichten mein Lebtag so oft beigestanden, dass sie mir auch einmal etwas zugutehalten können. Auch führt ja Herr Blood-Smith den Streich aus und nicht Paul Beck. Für die niedliche kleine Flora ist es aber die allerletzte Chance. Also nur frisch ans Werk!«

Sobald sein Entschluss gefasst war, verlor er keine Zeit mit Vorbereitungen. Er zog einen leichten, einfachen Radfahreranzug von dunkler Farbe an, in dem seine Arm- und Beinmuskeln mächtig hervortraten. An der Lenkstange befestigte er einen starken, mit Riemen versehenen Sack, der nichts enthielt, als zwei Blechkannen mit Brennöl für die Fahrradlampe und Schmieröl zum Einfetten der Reibungsstellen, Das war Herrn Becks ganzes Gepäck. Er wickelte die beiden vollen Kannen sorgfältig in ein paar von den großen seidenen Taschentüchern, die Blood-Smith gehörten, und stopfte sie dann in den Sack.

Vor der Hoteltür bestieg Beck rasch und in aller Stille sein Fahrrad und jagte mit einer Geschwindigkeit von zwölf Meilen in der Stunde davon. Aus Südosten blies ihm ein starker Wind ins Gesicht, aber er zog die Schultern in die Höhe und kämpfte hartnäckig dagegen an. »Der Bahnzug kann auch nicht so schnell vorwärts gegen den Wind", sagte er sich zum Trost, »und auch die kleinste Hilfe ist von Wert bei der Arbeit, die vor mir liegt.«

Den ganzen Tag über fuhr Herr Beck auf seinem Fahrrad unermüdlich mit immer gleicher Schnelligkeit weiter. Nur einmal, als er bereits über die Hälfte des Weges zurückgelegt hatte, ließ er sich in einer Schenke ein Stück Brot und ein Glas Bier reichen. Jetzt brach der Abend herein. Sein Tourenzähler zeigte an, dass er bereits vierundachtzig Meilen hinter sich habe.

Als er auf seine Uhr schaute, deren Ziffern sich im Dämmerlichte kaum noch erkennen ließen, sah er, dass ihm noch zwei Stunden zur Verfügung standen. Er mäßigte seine Eile ein wenig, denn es war sehr anstrengend, gegen den Wind zu fahren, der den ganzen Tag über nicht an Heftigkeit nachgelassen hatte. Kaum zehn Minuten später fühlte er aber unter sich die kurze, stoßende Bewegung, die allen Radfahrern nur zu, wohl bekannt ist. Er glitt augenblicklich von seiner Maschine herunter, mit der es ziemlich trostlos aussah; der Gummireifen des Hinterrades war ganz platt und schlaff geworden. Da das Ziel seiner Reise noch gute zwölf Meilen entfernt war, schien der Unfall alles vereiteln zu sollen. Aber Beck ließ sich nicht so leicht entmutigen. Er nahm eine starke Kneifzange aus dem Werkzeugbeutel, kehrte die Maschine um, den Sattel nach unten, die Räder in die Luft und tastete nach dem Verschluss des Ventils am Hinterrad. Die Schraubenmutter loszumachen machte keine Schwierigkeit; die Zange umfasste sie mit eisernem Griff und im Nu war sie abgedreht.

Bei Becks Fahrrad hatten die Luftschläuche im Innern der Gummireifen eine besondere Konstruktion; sie waren lose eingefügt und glichen einer langen Wurst mit geschlossenen Enden. Einen Extraschlauch führte er immer im Beutel bei sich. So brauchte er also weder die Kette zu lösen, noch das Rad auseinanderzunehmen, auch nicht nach der beschädigten Stelle zu suchen, um sie auszubessern. Er zog einfach den alten Schlauch heraus, setzte einen neuen ein und das Übrige besorgte die Luftpumpe. Das alles verrichtete Beck mit einer Schnelligkeit, wie man sie seinen dicken plumpen Fingern nun und nimmermehr zugetraut hätte. Kaum fünf Minuten waren vergangen, seit er den Schaden zuerst bemerkt hatte, und schon saß er wieder auf dem Fahrrad und die dunkeln Hecken auf beiden Seiten der einsamen Straßen flogen im Dämmerschein an ihm vorüber.

Endlich! Er konnte gerade noch den steilen Abhang erreichen, wo die Landstraße plötzlich in die Höhe führte und die Brücke im Bogen die Eisenbahn überspannte. An dieser Stelle stieg er ab, hob sein Fahrrad über das hölzerne Geländer und stellte es vorsichtig in den Schatten des Brückenpfeilers. Dann hob er den Sack von der Lenkstange und ging damit zu den Schienen hinunter. Durch den Nebel sah man einige Sterne funkeln und von den Schienen ging ein schwacher Metallglanz aus; sie liefen wie zwei helle Streifen immer weiter in die Dunkelheit hinein.

Jetzt nahm Beck eines der seidenen Taschentücher aus dem Sack, fasste es an einem Zipfel, zog dann mit den Zähnen den Kork aus einer der Kannen, tränkte die Seide so reichlich mit Öl, als er konnte, und beugte sich dann zu den glatten Schienen nieder, die er gründlich einzufetten begann. Rasch und sorgfältig verrichtete er dies Werk auf einer Strecke von mehr als hundert Meter, die steile Steige hinunter, bis das Öl der einen Kanne verbraucht war. Dann überschritt er die Bahn und arbeitete sich die Steige wieder hinauf, um auch die zweite Schiene ebenso reichlich mit dem Inhalt der andern Kanne einzuschmieren und zu tränken. Gerade unter der Brücke, auf dem höchsten Punkt der Steige, stellte er sich dann zwischen die Schienen hin, während der kalte Nachtwind an ihm vorbeisauste. Der Ausdruck seiner Mienen zeigte ein sonderbares Gemisch von gespannter Erwartung und Belustigung.

»Ich hoffe, hier mitten auf der Bahn, wo der Zug fahren soll, einen sicheren Stand zu haben. Es wird sich ja bald zeigen.« Kaum hatte er das gesagt, so sah er gerade vor sich tief unten in der Ferne einen weißen Stern auftauchen, der immer größer und heller wurde. Der Wind blies fast in gerader Richtung die Bahn hinunter und sein Heulen war eine Weile der einzige Ton, den Beck vernahm. Dann ging plötzlich ein seltsames Zittern durch die Luft, dem das Rasseln und Fauchen des Zuges folgte. Zuerst leise, schwoll es allmählich immer gewaltiger an, sich dem Brausen des Windes entgegenstemmend. Mit voller Dampfkraft kam die Lokomotive des Blitzzugs, eine lange Wagenreihe in der Dunkelheit hinter sich herziehend, mit Donnergetöse die Steige heraufgefahren. Als sie zur Höhe emporklomm, mäßigte sie ihre Geschwindigkeit etwas wie ein Pferd, dem der Atem ausgeht.

Jetzt hatten die Räder das Öl berührt. Sofort wurde das Brüllen des Zuges schwächer, das Kreischen und Rasseln Verstummte. Noch zwang die starke Triebkraft die ungeheure Masse, in ihrem Lauf vorwärts zu eilen, doch fanden die Räder keinen Halt an dem eingefetteten Metall; sie glitten aus wie Pferdehufe auf schlüpfrigem Boden. Langsamer und immer langsamer kam die Lokomotive einher, bis sie vielleicht nur noch zwanzig Meter von der Stelle entfernt war, wo Beck zwischen den Schienen stand. Jetzt hielt sie eine Sekunde lang still, um gleich darauf geräuschlos und zuerst ganz allmählich, dann schneller und immer schneller die Steige wieder hinunterzugleiten. Grässlich, wie das Gebrüll eines todwunden Ungeheuers klang das Kreischen der Lokomotive durch die Stille der Nacht, bis der Zug weit unten am Fuß der langen Steige endlich zum Stillstand kam. Das Öffnen und Schließen vieler Türen und ein erregtes Stimmengewirr schlug in schwachen Tönen an Becks lauschendes Ohr. Er wartete, bis der Bahnwärter, der um die nötigen Warnungszeichen aufzustecken heraufkam, ganz nahe bei ihm angelangt war. Nun wusste er, dass der Zug in dieser Nacht keine zweite Auffahrt versuchen werde.

Leichten Herzens holte er sein Fahrrad wieder herbei und segelte mit dem Wind im Rücken schnell und ohne Anstoß den Weg zurück, auf dem er gekommen war. Wie ein grauer Nebelstreifen dehnte sich die Landstraße vor ihm in die Nacht hinaus.

Am nächsten Tage, um halb vier Uhr, während Herr Snippit noch mit dem Ehevertrag in der schwarzen Ledertasche fünf Meilen weit von Rathcool entfernt war und nach Herzenslust auf die schlechte Eisenbahnbeförderung schimpfte, spielte sich in dem Haus der Lords ein sehr sonderbarer Vorgang ab.

Der Großkanzler mit dem dreieckigen Hut auf der ungeheuren Perücke saß auf seinem breiten scharlachroten Wollsack; neben ihm zwei andre Lords in Scharlach und Hermelin. Diese drei vertraten die abwesende Majestät von England. Auch noch viele andre hohe Herren in den verschiedensten Trachten waren zugegen. Am seltsamsten unter ihnen nahm sich jedoch ein großer Mann in schwarzem Talar und einer Perücke von besonders weißem Pferdehaar aus, der die feierlichste Miene zur Schau trug. Ein kleiner Mann verlas eine Liste derjenigen Gesetzesanträge, welche glücklich durch die Sturmflut der beiden Häuser gesegelt waren und sich jetzt dem friedlichen Hafen näherten.

Bei jedem Gesetzestitel, der verlesen wurde, machte der große Mann eine halbe Schwenkung wie ein aufgezogener Automat, verneigte sich vor dem leeren Thronsessel und sprach mit einförmigem Tonfall die Zauberworte, wodurch ein Gesetzesantrag in einen Parlamentsbeschluss verwandelt wird.

»Das Gesetz über freiwillige Zuwendungen", las der kleine Mann.

»La reine le veut", verkündigte der große Mann.

In diesem Augenblick war das Gesetz zum Beschluss erhoben; es bildete nun einen Teil der Landesgesetzgebung und die Rechte der kleinen Florence Burton waren gesichert. Den ganzen Nachmittag über warteten Trixie Mordant und Jerome Blood-Smith in Mount Eagle mit großer Ungeduld auf die Ankunft von Telegrammen. Gegen Abend trafen die beiden rosenfarbenen Kuverts endlich gleichzeitig ein. Jede der beiden Depeschen bestand nur aus einem einzigen Wort, die ihrige lautet: »Verloren«, – die Seinige: »Gewonnen«.

VERBRIEFT UND VERSIEGELT

»Oh, Herr Beck, Sie werden mir beistehen, nicht wahr? Er ist so eigensinnig – in unsrer Heiratsangelegenheit, meine ich. Aber ich habe ihm das Versprechen abgeschmeichelt, dass er Ihren Rat befolgen werde, und Sie müssen ihm raten, unsre Hochzeit zu verschieben.« Mamie Coyle stampfte, während sie so sprach, ungeduldig in Becks kleinem Wohnzimmer auf und ab. Er saß, sie beobachtend, im Sorgenstuhl, auf eine der Armlehnen gestützt, das Kinn in der Hand und einen wohlwollenden Ausdruck in seinem breiten Gesicht. Jetzt trat sie dicht an ihn heran, legte schmeichelnd ihr Händchen auf seine Schulter und schaute ihn mit einem bestrickenden Blick ihrer blauen Augen, dem schwer zu widerstehen war, lächelnd an.

Aber Beck veränderte keine Miene, während er sich zurücklehnte und bedächtig die Fingerspitzen aneinanderlegte. »Ach, Herr Beck!« platzte Mamie heraus, »mir reißt die Geduld mit Ihnen!« Sie versuchte ihn aus seiner Ruhe aufzurütteln; doch hätte sie ebenso gut probieren können, einen Elefanten aus dem Gleichgewicht zu bringen. »Da sitzen und sitzen Sie, sagen gar nichts und geben sich alle Mühe, so einfältig als möglich auszusehen!«

Ihre Heftigkeit belustigte ihn nur. »Meine liebe junge Dame", sagte er, »mein Geschäft ist eben jetzt zu *hören* und nicht zu *reden*.«

»Sie müssen aber versprechen, mir zu helfen – Sie müssen. Hab' ich doch niemand außer Ihnen, dem ich trauen könnte.«

»Gut, so trauen Sie mir.«

»Ach, jetzt verstehe ich! Sie wollen erst vernehmen, was Sie die *Tatsachen* nennen, ehe Sie Ihren Rat erteilen, da muss ich Ihnen freilich wohl den Willen tun. Wir haben nur so wenig Zeit; in einer halben Stunde wird Clive hier sein. Ich kam vor ihm, um Sie zuerst allein zu sprechen. Nun, wo soll ich denn anfangen?«

»Am Anfang.«

»Ja, das ist freilich zwei und ein halbes Jahr her. Wir machten in Kensington unsern Spaziergang, wir Mädchen, meine ich, immer zu zweien. Er fuhr langsam auf dem Fahrrad an uns vorüber und sah jeder von uns Pensionärinnen lächelnd ins Gesicht. Miss Gurdy, unser Drache, sozusagen, war in einer Aufregung, die sie kaum bemeistern konnte. Ein paar von den Mädchen kicherten; mir selbst war das Lachen nahe über Miss Gurdys steinernes Gesicht, als er mir plötzlich gerade in die Augen sah, dass mich ein kleiner Schauer durchrieselte und mir das Lachen verging. Er zog höflich den Hut und Miss Gurdy schalt mich einen unverschämten Kindskopf, weil ich rot wurde. Natürlich war es unrecht von mir, aber ich konnte ihn beinahe eine Woche lang nicht aus dem Kopfe bringen, bis eines Abends, als wir im Schlafsaal allein miteinander waren, die kleine Flora Burton – Sie kennen ja die kleine Flora; jedenfalls kennt Flora Sie, Sie haben etwas ganz Wunderbares für sie getan, aber ich weiß nicht mehr was. Flora hat mich ja zuerst Ihnen vorgestellt; erinnern Sie sich denn nicht? Sie fanden doch mein Armband mit den Brillanten, und da – doch wo war ich denn stehen geblieben?« »Im Schlafsaal mit Flora Burton.«

»O, ja; ganz recht! Sie gab mir einen Brief von ihm mit einem Gedicht darin, voll von Liebesschwüren und dergleichen mit einem schönen Schluss:

Aus treuem Herzen, dir geweiht,
Durch alle Zeit – in Ewigkeit!

»Er war mit Flora bei ihrem Onkel, Herrn Warmington, zusammengetroffen, hatte sie über unsre Schule ausgefragt und, denken Sie nur, ihr erzählt, er erkenne mich immer an dem Grübchen im Kinn. Da hat sie ihm gesagt, dass ich ihr von allen Mädchen im Institut die Liebste sei, und da hat er ihr den Brief gegeben. Hätte Miss Gurdy das gewusst, sie hätte uns beide aus der Schule geschickt, wenigstens mir hätte sie sicher den Laufpass gegeben; was Flora anbetrifft, ja, wissen Sie, Flora ist Erbin eines großen Vermögens und hat einen Vetter, der ein Lord ist, die kann eben mit Miss Gurdy machen, was sie will.

»Seitdem bekam ich drei Briefe von ihm, ehe ich eine einzige Zeile schrieb. Aber er sagte, er werde sich umbringen, wenn ich ihm nicht schriebe, nun, da musste ich es doch natürlich tun. Danach, meine ich, fing Miss Gurdy an, etwas zu merken. Flora musste gar so oft zum Zahnarzt gehen und bestand immer darauf, ich müsse mit dabei sein, um ihre Hand zu halten. Eines Tages, denken Sie nur, hätte uns Miss Gurdy fast ertappt. Sie kam ganz plötzlich ins Empfangszimmer, als Clive und ich gerade allein waren. Glücklicherweise hatten wir aber eben einen kleinen Zwist gehabt und er saß, die Zeitung verkehrt in der Hand, im entferntesten Winkel des Zimmers, ich dagegen sah zum Fenster hinaus, so –« Mamie warf einen Blick nach der Uhr, die auf Becks Kaminsims stand, und brach, atemlos und verwirrt von ihrer eigenen Hast, plötzlich ihren Bericht ab.

»O! Ich habe ja nur noch sieben Minuten Zeit, und ich habe noch nichts von dem gesagt, was ich erzählen wollte.«

»Zeit genug", beruhigte Beck, denn er hörte sie gern plaudern.

»Jetzt aber bleib' ich bei der Sache. Nachdem ich von der Schule abgegangen war, machte Clive meiner Mutter eines Tages seine Aufwartung, sagte ihr, dass er mich liebe, und eroberte sogleich ihr ganzes Herz. So sind wir nun verlobt und dürfen zusammen ausgehen, wohin es uns beliebt, aber er ist doch nicht zufrieden.«

»Was kann er denn aber noch mehr wünschen?« fragte Beck ganz ernsthaft.

»Ich soll ihn sogleich heiraten. Er ist eben vierundzwanzigeinhalb und ich werde an meinem nächsten Geburtstag neunzehn. Da meint er, wir seien alt genug zum Heiraten, und darin stimme ich auch mit ihm überein, aber, ach! Es ist zu schrecklich!«

»Was ist schrecklich?«

»Dass er nicht Vernunft annehmen will. Sehen Sie, er ist der einzige Sohn seiner verstorbenen Eltern, und ich traue seinem Onkel Marmaduke gar nicht. Ich will's nur gleich erklären, ich werde ihm niemals trauen.«

»Was hat denn Marmaduke mit der Sache zu tun?«

»Clive lebt mit seinem Onkel in einem schönen Hause in Park-Lane, aber das Haus gehört Clive, das heißt, es wird einmal Clive gehören; und außerdem hat er einen wundervollen Besitz in Kent, mit Wäldern und Flüssen, einem großen Wildpark und dem reizendsten Schlösschen. Ich habe letzte Woche all das gesehen. Aber in dem Testament seines Vaters steht eine grausame Klausel: dass er nicht eher in den Besitz des Erbes treten soll, als nach seinem vollendeten fünfundzwanzigsten Jahr, falls er sich nicht mit seines Onkels Einwilligung vorher verheirate. Heiratet er aber vor seinem vollendeten fünfundzwanzigsten Jahr ohne die Einwilligung seines Onkels, so geht das ganze Besitztum auf den Onkel über. Der Onkel Marmaduke Meredith ist ein großes Tier mit einem hässlichen, grinsenden Lächeln, was ich hasse, und ich bin sicher, er wird seine Einwilligung niemals geben. Clive behauptet aber, er werde es tun und keinesfalls würde er zwei Jahre warten, selbst wenn es um eine Million ginge. Nun sind es ja gar nicht mehr zwei Jahre, wissen Sie, nur anderthalb, und Clive sagt, er wolle sich als Advokat niederlassen und viel Geld für uns erwerben. Etwas eigenes Vermögen habe ich ja auch, was uns einigermaßen zustattenkäme. Aber es ist mir gar nicht um das Geld, ich habe nur Angst, er möchte es später einmal bereuen, und das würde ich nicht überleben. Wenn ich ihm nun aber nicht den Willen tue, könnte er denken, ich wolle nur das Besitztum haben und nicht ihn. – O, tun Sie mir die Liebe, helfen Sie mir, Herr Beck! – ich weiß mir keinen Rat.«

Während sie sprach, hatte sie in ihrer nervösen Aufregung Beck auf die Schulter geklopft. Jetzt brach sie plötzlich in Tränen aus und verbarg ihr Gesicht in den Händen. Da war es auf einmal um Becks Ruhe geschehen. Er konnte kein Frauenzimmer weinen sehen. Rasch sprang er vom Stuhle auf, drängte das weinende Mädchen, seinen Platz einzunehmen, beugte sich über sie und suchte sie mit beruhigenden Worten zu trösten. Es sah sich an, als ob ein großer Neufundländer ein kleines Kind umschmeichelte.

Mamie aber fuhr fort, bitterlich zu weinen, teils, weil es ihr so ums Herz war, teils, weil sie wohl wusste, dass sie zu den wenigen Frauen gehörte, denen das Weinen gutsteht, hauptsächlich aber, weil sie sah, dass es die wirksamste Methode war, Herrn Beck zu rühren. Ganz plötzlich aber kehrte ihr Beck den Rücken und war eifrig beschäftigt, ein Stück Zucker zwischen die Gitterstäbe am Käfig seines Kanarienvogels einzuklemmen, während er ihm zupfiff. Seinem feinen Ohr war ein schneller, leichter Tritt auf der mit dickem Teppich belegten Treppe nicht entgangen. Im nächsten Augenblick vernahm man ein ungeduldiges Klopfen an der Tür. Mamie sprang vom Stuhl, hörte plötzlich auf zu schluchzen. »Herein!« rief Beck, ohne sich umzuwenden. Er musste wohl recht ungeschickt sein, denn es dauerte eine ganze Weile, bis es ihm gelang, das Stückchen Zucker am Käfig zu befestigen. Als er sich endlich umwandte, sah Mamie glückstrahlend aus, obgleich noch eine Träne auf ihrer roten Wange zitterte, wie der Tautropfen auf dem Blatt der wilden Rose.

Ein schlanker, hübscher junger Mann stand dicht neben ihr und schaute voll Liebe und Sehnsucht auf ihr lächelndes Antlitz nieder. »Nun?« fragte Beck nach einer Pause, denn sie sahen ihn scheu an, ohne zu sprechen.

»Es ist alles in Ordnung!« rief Clive Meredith fröhlich. »Onkel Marmaduke wird tun, was recht ist, davon bin ich fest überzeugt. Er hat es mir heute deutlich zu verstehen gegeben. Ich wusste ja, es würde sich alles machen, wenn ich ihm Mamie nur erst vorgestellt hätte. Natürlich, er konnte ja nicht umhin, sich in sie zu verlieben. ›Clive, mein Junge,‹ hat er gesagt, ›das ist ein süßes Geschöpf, ich gratuliere dir. Nicht einen Tag möchte ich dir da im Wege stehen. Pflücke die Rose, wenn sie blüht!‹ sagt der Dichter. Ich habe natürlich eine heilige Pflicht deinem Vater gegenüber zu erfüllen. Gott segne dich, mein Junge, Gott segne dich,‹ der alte Onkel wurde wahrhaftig gerührt und war dem Weinen nahe. Da sehen Sie also, Herr Beck, dass wir keine besondern Maßregeln zu treffen brauchen.«

»Und doch traue ich ihm nicht, trotz seiner Krokodilstränen", rief Mamie aus. »Er hat irgendeinen Streich im Sinn. Du weißt doch, dass er Geld braucht – hast du mir das nicht selbst erzählt? – und, was für hässliche Gerüchte über ihn im Umlauf sind. So teile doch Herrn Beck mit, was du mir gesagt hast.«

»Ich tu's nicht gern", sagte Clive widerwillig. »Nicht durch seine Schuld ist er in die Klemme geraten; man hat ihn gedrängt und betrogen. Vor sechs Monaten, ich war damals verreist, kam ein Kerl zu ihm, ein unverschämter Schleicher, der sich Eingang in Onkels Arbeitszimmer verschaffte und eine angebliche Schuld bezahlt haben wollte. Es war eine ansehnliche Summe – über tausend Pfund glaube ich. Onkel stellte einen Scheck aus und ließ sich den Empfang bescheinigen. Bald darauf schwor der Jude, Onkels Scheck sei nur ein leeres Schema gewesen, als er ihn auf der Bank präsentiert habe. Er machte eine Klage anhängig und erzählte seine Geschichte vor Gericht. Aber in der Verhandlung musste er eingestehen, dass er meinen Onkel selbst den Scheck hatte ausstellen und unterzeichnen sehen; damit war der Fall erledigt. Der Richter gab dem Juden einen Verweis, den er nicht sobald vergessen wird, die Geschworenen schlossen sich dem Verteidiger an, und – ja, das ist die ganze Geschichte.«

»Wo wohnt ihr Onkel, Herr Meredith?« fragte Beck.

»In unserem Hause in Park-Lane, aber ich sehe nicht ein, weshalb –«

»Natürlich, du kannst es nicht einsehen", unterbrach ihn die aufgeregte Mamie, »aber dein Onkel sieht klar genug. Er hat das Haus, und er hat einen Anspruch im Testament. Gibt er seine Einwilligung zu unsrer Heirat, so wirft er beides fort. Nun frage ich Sie, Herr Beck, ist das wahrscheinlich?«

»Aber ich will ja nicht heiraten, ehe ich die Einwilligung in seiner eigenen Handschrift schwarz auf weiß in Händen habe", erwiderte Clive heftig. »Ich hätte niemals geglaubt, Mamie, dass du eine so vorsorgliche kleine Person sein könntest!«

»Ich bin nicht vorsorglich, lieber Clive; nur um deinetwillen bin ich es. Du bist zu vertrauensvoll. Gewiss heckt er irgendwelche Winkelzüge gegen uns aus.«

Das Pärchen war auf dem besten Wege, in einen netten kleinen Streit zu geraten, als Becks milde Stimme wie Öl auf die erregten Wellen fiel: »Möchten Sie sich nicht ein kleines Weilchen gedulden, Herr Meredith?« fragte er freundlich.

»Nennen Sie zwei Jahre ein Weilchen?« rief Clive ungeduldig.

»Nur anderthalb!« flüsterte Mamie.

»Zwei Wochen würden ausreichen, denke ich", sagte Beck, »wenn Sie tun, was ich Ihnen sage.«

Clive strahlte vor Vergnügen. »Da stehe ich ganz zu Ihren Diensten, Herr Beck!«

»Vor allem möchte ich Sie bitten, mir den Namen des Mannes zu verschaffen, der eidlich bezeugt hat, er habe Ihren Onkel den Scheck unterschreiben sehen, während hernach die Unterschrift fehlte. Ich will ein Wort mit ihm reden.«

»Wäre es Zeit genug, wenn Sie die Auskunft morgen erhielten?«

»Vollkommen!«

»Mit der heutigen Abendpost sollen Sie den Namen haben.«

»Das wäre also abgemacht. Ich vermute, Ihr Onkel hat ein besonderes Arbeitszimmer zu seinem ausschließlichen Gebrauch in Park-Lane?«

»Jawohl, mit einem Bramahschloss und seinem eigenen Türdrücker.«

»Das dachte ich mir. Haben Sie mir nicht gesagt, er schreibe viel?«

Clive hatte das nicht gesagt, aber Beck wusste es. Es gab wenige Dinge, die Herr Beck nicht gewusste hätte. Clive lachte. »Ja, er schreibt eine Menge Artikel für die Journale, aber sie werden nie abgedruckt. Vor Jahren ist einmal einer erschienen und daraufhin hat er wenigstens hundert verfasst und gibt sich das Ansehen eines Schriftstellers.«

»Wahrscheinlich hat er Gas in seinem Studierzimmer?«

Clive nickte. Die Frage kam ihm seltsam vor.

»Wissen Sie, wo er sein Scheckbuch aufbewahrt?«

»Nein", sagte Clive mit wachsendem Erstaunen. »Wahrscheinlich im Schreibpult seines Studierzimmers.«

»Auch nicht, wer seine Gaseinrichtung gemacht hat?«

»Die Firma Carver & Picton; aber ich begreife wirklich nicht, Herr Beck, was dies alles mit dem zu tun hat, was – –«

Ohne seine Einsprache im geringsten zu beachten, fuhr Beck ruhig fort: »Jetzt komme ich zu meiner zweiten Bedingung. Zuerst der Name des Juden, der den sonderbaren Scheck bekam, vergessen Sie das nicht, zweitens möchte ich in ein Gasrohr von Ihres Onkels Arbeitszimmer ein Loch gebohrt haben. Können Sie das bewerkstelligen?«

»Vielleicht, wenn ich's versuche; aber um alles in der Welt, Herr Beck, was –«

Mamie legte ihm ihre kleine Hand auf den Mund, während sie ihm ins Ohr flüsterte: »Still, Clive, du darfst nicht so heftig dreinfahren; bedenke nur, du hast versprochen zu tun, was dir Herr Beck sagen würde.«

»Wollen Sie denn das Haus in die Luft sprengen, Herr Beck?« fragte Clive, sobald er den Mund wieder freihatte.

»Im Gegenteil, Sie müssen sogleich die Aufmerksamkeit Ihres Onkels auf den Schaden lenken und sich erbieten, auf dem Wege nach Ihrem Klub bei Carver & Picton vorzusprechen, um zu bestellen, dass ein Arbeiter ins Haus geschickt wird.«

»Offen gestanden, weiß ich nicht recht, wie ich's anstellen soll. Ich bin niemals ohne meinen Onkel in dem Zimmer und ich habe nichts, womit ich Bleiröhren anbohren könnte.«

Statt der Antwort öffnete Beck eine der vielen Türen des breiten Mahagonischrankes, der beinahe eine ganze Wand des Zimmers einnahm. Aus einem der mit verschiedenen Aufschriften versehenen Fächer brachte er einen runden Ball von dunklem Holz zum Vorschein, woran ein kleiner Kork steckte. Als Beck den Pfropfen einen Augenblick entfernte, sah man eine Art flacher Nadel aus dem Ball hervorragen, die etwa einen Zoll lang und sehr scharf war. »Das geht durch Blei wie durch Butter", sagte er gelassen. »Es wird im Geschäft gebraucht, wenn der Absatz ins Stocken gerät.«

Er setzte den Kork wieder auf die Nadel, während er sprach, und Clive ließ das kleine Instrument vorsichtig in seine Tasche gleiten. »Morgen um ein Uhr ungefähr werden Sie hier Ihren Arbeiter abholen. Sie verstehen mich doch, Herr Meredith?«

Clive nickte wieder, machte aber immer noch ein mürrisches Gesicht. Er hatte ein dunkles Gefühl, als halte man ihn zum Narren.

»So«, sagte Beck in ungetrübter Laune. »Jetzt habe ich einen notwendigen Gang und möglicherweise haben Sie beide sich noch etwas zu sagen, also – ich empfehle mich.«

Clive wusste kaum, ob er sich über diese plötzliche Abfertigung ärgern sollte oder nicht. Mamie aber warf Herrn Beck noch an der Tür eine Kusshand zu.

»Ist er nicht köstlich, Clive?« flüsterte sie, als die Verlobten zusammen fortgingen.

»Meinst du? Mir scheint er ein etwas schwerfälliger Geselle und nicht besonders höflich. Ich werde mir vorkommen wie ein boshafter Schuljunge, wenn ich ihm den Willen tue.«

»Du wirft es aber doch tun, nicht wahr, Clive?« fragte sie, mit einem Blick, dem nicht zu widerstehen war.

»Mein Versprechen werde ich wohl halten müssen, Mamie, aber dass mir die Geschichte gefiele, kann ich nicht sagen.«

Sie verstand sich jedoch trefflich darauf, den kleinen Verdruss durch Schmeichelworte zu verscheuchen, bis Clive wieder bei guter Laune war, dann schlenderten sie zusammen durch das Straßengedränge, gleichsam allein inmitten alles Lärms und Geschreis, als hätte die Rosenwolke der Liebe sie umhüllt. Es gab in ganz London kein glücklicheres Paar, – –

»Das ist ja ein abscheulicher Geruch hier im Zimmer, Clive«, sagte am nächsten Tage Herr Marmaduke Meredith, indem er von seinem großen offenen Schreibpult aufsah, an dem er beschäftigt war, einen Artikel für den »Contemporary« zu schreiben.

»Es muss wohl ein Schaden am Gasrohr sein, Onkel.«

»Du kannst recht haben. Es riecht nach Gas. Pfui Teufel! Das ist ja zum Ersticken. Nur gut, dass es nicht bei Nacht geschehen ist, sonst hätte es eine Explosion gegeben.«

Beide Herren schnüffelten einige Augenblicke an den Röhren, wie zwei Jagdhunde, die eine Fährte wittern.

Clive fand das Leck zuerst. »Es ist hier, Onkel«, rief er nicht ohne schamhafte Verlegenheit, »und ein tüchtiges Leck obendrein; ich kann ordentlich den kalten Gasstrom auf meiner Hand fühlen.«

»Da muss sogleich ein Arbeiter her«, sagte Meredith, »ich habe noch heute Abend eine Menge wichtiger Schreibereien vor.« Schon fasste er nach der Glocke, als Clive ihn zurückhielt. »Klingle nicht, Onkel! Ich gehe ja so wie so in den Klub. Ich werde bei Carver & Picton vorsprechen und bestellen, dass sie sogleich einen Mann herschicken.«

»Recht so, mein Junge!« Der Onkel legte die Hand auf des Neffen Schulter. Clive krümmte sich unter dem gütigen Druck und kam sich unaussprechlich schlecht vor.

Marmaduke Meredith war ein stattlicher Mann mit hellblauen Augen, deren Lider gewöhnlich gesenkt waren, und vortretendem Mund und Kinn; er war gescheit, lebhaft, aber wenig beliebt. In den Klubs liefen unsichere Gerüchte um, dass mit seinen Angelegenheiten nicht alles richtig sei. Er galt auch für einen sehr schäbigen Menschen, aber er brauchte viel Geld und verdiente keines. »Ich danke dir, Clive", fuhr er mit salbungsvoller Stimme fort, seinem Neffen immer noch mit einer Hand auf die Schulter klopfend, während die andre mit den schweren Ringen seiner goldenen Uhrkette spielte. »Du bist mir immer ein guter, gehorsamer Neffe gewesen, und ich hoffe mich nicht als harter Onkel zu erweisen, wenn die Zeit kommt. Du merkst schon, wo ich hinauswill, wie?«

Clive verstand, was er meinte, und ihm war jämmerlich zu Mut. Er hatte nicht die leiseste Ahnung, wo Beck mit seinem Kunstgriff hinauswollte, aber die dunkle Vorstellung, dass sein Onkel ein Opfer der List werden könnte, verließ ihn nicht. Er fühlte sich tief beschämt von seiner vertrauensvollen Güte. »Ich gehe sofort und werde den Mann herbringen", sagte Clive plötzlich, um der Sache ein schnelles Ende zu machen. Und er ließ Marmaduke bei seinen vergeblichen Bemühungen zurück, das Loch im Gasrohr mit einem winzigen Kügelchen von Löschpapier zu verstopfen.

Becks Haustür gegenüber stand ein junger Mensch mit dem Werkzeugkasten eines Arbeiters unter dem Arm müßig da. Als Clive aus der Droschke stieg, schritt jener über die Straße und sprach ihn an, ehe er die Hausklingel zog. »Herr Clive Meredith?« fragte er in unterwürfigem Ton. Es war ein kräftiger, gutgebauter junger Mensch, gekleidet wie ein anständiger Handwerker, aber mit einem breiten, schwarzen Schmutzflecken im Gesicht.

»Ja, das ist mein Name«, antwortete Clive.

»Ich bin bestellt, Herr, und stehe zu Diensten.«

»Wisst Ihr, was zu tun ist?«

»Jawohl; ich habe meinen Auftrag; ich mache mich gleich an die Arbeit.«

»Ihr könntet eine Droschke nehmen.«

»Besten Dank, Herr, der Omnibus ist gut genug für mich und geht hier am Haus vorbei. Da ist er schon – entschuldigen Sie mich.« Damit rannte er die Straße entlang und sprang auf einen Omnibus, der gerade um die Ecke bog. Clive stand verwirrt vor Becks Tür. Auf seine Frage erhielt er zur Antwort, Herr Beck sei ausgegangen und werde vor zwei Stunden nicht wiederkommen.

»Ob der Herr nicht seinen Namen zurücklassen wolle?«

»Nein!« – das wollte er nicht. Verdrossen und betreten ging er nach seinem Klub. Er konnte nun einmal aus der ganzen Angelegenheit nicht klug werden.

»Ich soll das Gasrohr ausbessern", sagte der Handwerker dem Diener, der ihm die Tür in Park Lane öffnete.

»Sie kommen von Carver & Picton? Recht so! Herr Meredith ist beim Frühstück. Er hat befohlen, Sie sofort ins Studierzimmer zu führen. Der Schaden soll gleich ausgebessert werden. Das ganze Haus ist voll Gasgeruch.«

Sobald der Arbeiter eingetreten war, verriegelte er die Tür sorgfältig von innen und fing an, das Zimmer mit Neugierde zu durchforschen. Besonders schienen ihn die Schreibmaterialien anzuziehen. Er untersuchte Papier und Löschblatt, die Federn und die Tinte mit der peinlichsten Genauigkeit. Auf dem großen Mahagonischreibtisch zwischen den Fenstern standen zwei Tintenfässer. Er roch daran, prüfte den Inhalt mit der Zunge und schüttelte den Kopf. Dann ging er zu einem kleineren Pult von amerikanischer Machart, dessen Klappe zum Aufrollen war; er versuchte diese zu öffnen, fand sie aber verschlossen.

»Das dachte ich mir", murmelte er, während er einen Eisendraht, der am Ende seltsam gedreht und gebogen war, ins Schloss steckte. Zweimal machte er mit leisem Druck den Versuch, das Schloss zu öffnen und zweimal bog er den Draht mit starken Fingern in eine neue Form. Dann auf einmal, als ob das Schloss das Ding für seinen eigenen Schlüssel hielte, gab es freiwillig dem sanften Drucke nach; die Klappe des Pultes ließ sich zurückrollen und erschloss zugleich sämtliche Schubfächer an den Seiten. Rasch durchsuchte der sonderbare Einbrecher das Innere mit Auge und Hand. Bei einem hübschen silbernen Tintenfass machte er einen Augenblick Halt und setzte es beiseite. Dann stürzte er sich auf ein gewöhnliches Tintenkrüglein von braunem Steingut, das in einem Fach des Pultes weit nach hinten geschoben und mit mehreren Papieren verdeckt war. Er untersuchte seine Beute eifrig, goss sogar ein paar Tropfen der Tinte auf ein Blatt Papier, roch und leckte daran, während sich ein befriedigtes Lächeln über sein Gesicht verbreitete. Dann schrieb er mit der Tinte eine kurze Notiz auf ein Blatt Papier, schwenkte es hin und her, bis es ohne Löschblatt getrocknet war, und steckte es in die Tasche.

Nach einer Viertelstunde war der Tintenkrug wieder an seinem Platz, das Pult verschlossen und das Loch im Gasrohr ausgebessert – nicht zu früh, denn als der Handwerker aus dem Studierzimmer trat, traf er in der Vorhalle auf Herrn Meredith, der nach einem besonders üppigen Frühstück in bester Laune war. »Was, schon fertig, guter Freund?« sagte er lächelnd. »Das nenne ich rasch bedient! Da habt Ihr eine Kleinigkeit für Euch.« Herr Meredith war in der Regel nicht freigebig mit Trinkgeldern, so wie diesmal hatte er sich aber niemals mit einem solchen vergriffen.

Den ganzen Nachmittag war Herr Marmaduke in der besten Stimmung. Ihm ahnte nichts Böses, und er pfiff leise bei seiner Schreiberei, wie jemand, der mit dem Lauf der Welt wohl zufrieden ist. Nach dem Mittagsmahl, bei seinem vierten Glas guten alten Portweins, als er Clive, der sich nicht wenig vor sich selber schämte, scheu und zerstreut fand, berührte der gute Onkel aus eigenem Antrieb die Heirat in der freundlichsten Weise.

»Ich bin nur um dein Glück besorgt, lieber Clive", sagte er im feierlichen Ton eines Bühnenvaters (er hatte viel Geschmack und Talent für das Theatralische), »aber du bist noch sehr jung. Bist du deines eigenen Herzens auch gewiss? Bist du ganz sicher, dass dein Glück durch diese Verbindung gegründet werden wird?«

Natürlich war Clive auf das Feurigste und Innigste davon überzeugt.

»Dann werde ich kein Hindernis sein", erklärte der Onkel. »Aus freien Stücken werde ich meine Einwilligung geben.«

Clive sprang von seinem Stuhl auf; er zitterte vor Freude. »Onkel, ich kann es nicht aussprechen, wie dankbar ich dir bin!« rief er in ehrlicher Einfalt. »Ich werde dafür sorgen, dass deine Großmut dich nicht gereuen soll.«

Aber sein Onkel wies des Neffen Beteuerungen und Versprechen voll Edelmut zurück. »Ich brauche keinen Lohn", sagte er; »mir genügt das Bewusstsein, zwei junge Wesen glücklich gemacht und ihnen das quälende Warten auf die Erfüllung ihrer Wünsche erspart zu haben. Die Leute meinen, ich sei mit meinem Gelde leichtsinnig umgegangen; aber sie irren sich. Ich habe, dank deinem armen Vater, viele Jahre eine hübsche Einnahme gehabt und habe genug zurückgelegt, um für den Rest meiner Tage ein behagliches Leben zu führen, wenn auch nicht im Überfluss. Aber ich will ja nicht von mir sprechen. Das Leben gehört der Jugend. Möge dein Leben, Clive, reich an Glück und Freude sein.«

Er hielt einen Augenblick inne, wie von Gemütsbewegung überwältigt, und Clive saß schweigend in tiefer Rührung da. Gleich darauf fasste sich Herr Marmaduke Meredith ein wenig. »Wenn etwas Gutes unternommen werden soll, so kann es nicht rasch genug geschehen", sagte er leise. »Trink dein Glas aus, mein Junge und komm mit mir in mein Arbeitszimmer.«

Dort schloss er das amerikanische Pult auf, legte einen großen Bogen Papier vor sich hin und tauchte eine Goldfeder in den kleinen, braunen Steinkrug. Dieser war voller als er erwartet hatte, und ein dicker Tintentropfen fiel auf das Papier. Meredith zerriss den Bogen in kleine Stücke, warf sie in den Papierkorb und nahm ein neues Blatt. In schöner, fließender Handschrift schrieb er seine Einwilligung zu Clives Vermählung, fügte dann das Datum bei und setzte seinen Namen mit einem kühnen Schnörkel unter das Dokument.

»Ist's recht so?« fragte er, indem er Clive das Papier reichte.

»Wie kann ich dir nur danken, Onkel!« »Das brauchst du nicht.«

»Mamie wird überglücklich sein. Ich hab's ja immer gewusst, dass ich recht hatte, aber sie meinte –« Er unterbrach sich verlegen – er konnte seinem Onkel doch nicht sagen, dass sie ihn für einen Heuchler hielt.

Herr Marmaduke schaute ihn einen Augenblick scharf an, dann lächelte er wie aus Mitleid mit seiner Verlegenheit. »Die arme kleine Mamie", sagte er in sanftem Ton, »sie hält mich vermutlich für ein boshaftes Ungeheuer, wie es im Märchen steht. Wir wollen sie aber deshalb nicht schelten, Clive, sie kennt mich ja nicht, wie du mich kennst. Wenn du nichts dagegen hast, möchte ich sie wohl eines Besseren belehren.«

Er nahm Clive das unterzeichnete Papier aus der Hand, faltete es zusammen und steckte es in einen Umschlag, den er sorgfältig mit einem großen roten Siegel verschloss. »Ich will sie lehren, uns zu vertrauen", erklärte er. »Versprich mir, Clive, ihr dies Dokument nur von außen zu zeigen und das Kuvert erst nach der Trauung zu öffnen. Du kannst es ja mit zur Kirche nehmen und in der Sakristei lesen, wenn du willst. Ich mache aber keine Bedingungen – jedenfalls hast du ja meine Einwilligung.«

»Natürlich, Onkel, ich tue ganz nach deinem Wunsch", antwortete Clive voll Dankbarkeit. »Mamie wird sich auf mein Wort verlassen oder auf das Deinige", setzte er nach einer Pause hinzu. Mamie war aber keineswegs zufrieden, als sie die ganze Geschichte erfuhr und ihr nur gestattet wurde, mit vergeblich forschenden Augen das versiegelte Dokument von außen zu betrachten.

»Dir glaub' ich ja schon, Clive; ihm traue ich aber nicht. Seine Süßigkeit ist nicht natürlich. Ich bin überzeugt, er betrügt dich.«

Clive liebkoste, streichelte und küsste sie, bis sie sich fügte und nach Frauenart doch schließlich bei ihrer Meinung blieb. Zum zweiten Male wurde beschlossen, Herr Beck solle entscheiden, und sie gingen sogleich miteinander nach seinem Hause. Mamie wollte eben eine beredte Auseinandersetzung beginnen, als Herr Beck seine große Hand erhob, um sie zu unterbrechen. »Ich kann mir schon denken, was sich zugetragen hat", sagte er zu Clive, »Ihr Onkel hat seine Einwilligung unterschrieben?«

Clive nickte.

»Er erbot sich wohl von selbst dazu?«

»Wie kommen Sie denn darauf?«

»Fragen Sie mich nicht. Ich bin in meinem Leben schon ganz andern Dingen auf die Spur gekommen. Nicht wahr, nachdem er die Schrift unterzeichnet hatte, tat er sie in einen Umschlag, den er versiegelte, und ließ Sie versprechen, ihn erst nach Ihrer Trauung zu öffnen?«

Clive war zu erstaunt, um zu antworten. »Siehst du, sagte ich dir's nicht?« rief Mamie. »Herr Beck hat den Kniff von vornherein erraten. Natürlich hat er das Papier, das du ihn unterschreiben sahst, mit einem leeren Blatt vertauscht.«

Clives Antlitz verdüsterte sich. »Ach was, Mamie, ich habe ganz deutlich gesehen", fing er an; da unterbrach ihn Beck sehr ruhig: »Versteht sich, Herr Meredith; Sie können heiraten, sobald es Ihnen beliebt.«

»Morgen hole ich den Erlaubnisschein!« rief Clive fröhlich, und die hartnäckige Mamie ergab sich ohne Weiteres.

Es sollte eine recht stille Hochzeit sein, denn das Paar wünschte mit seinem Glück nicht vor der Gesellschaft zu prahlen. Gleich nach der Trauung gedachten sie nach Rom aufzubrechen, um dort Weihnachten zu feiern. Dies hatte der Onkel vorgeschlagen, der sich ziemlich im Hintergrund hielt, aber die Güte und Rücksicht selber war und sich, wie er Clive versicherte, so warm für das Glück der jungen Leute interessierte, als ob es sein eigenes wäre. Selbst Mamie wurde durch seine fortdauernde Freundlichkeit besänftigt.

Der 10. Dezember war der glückliche Tag. Der Hochzeitsmorgen war wolkenlos, wie die Freude der Liebenden, der Himmel klar, die Sonne strahlend, und ein scharfer Frost in der Luft ließ das Blut mit verdoppelter Lebenskraft durch die Adern rinnen. Die kleine Kirche war hell erleuchtet und mit grünen Stechpalmen geschmückt. Der Brautführer hatte sich pünktlich eingefunden und fühlte ängstlich in der Westentasche, ob der Trauring auch sicher an seinem Platze sei. Flora Burton, die zehnjährige Brautjungfer, sah zauberhaft aus in weißem Atlas mit einer himmelblauen Schärpe und ihren langen blonden Locken. Den gutmütigen Brautführer behandelte sie mit so würdevoller Geringschätzung, dass er sich beinahe versucht fühlte, sie mitten in der Kirche aufzuheben und zu küssen. In einem stillen Winkel weinte die Mutter der Braut über die nahe Trennung von der Tochter; nur die Bewunderung für den neuen Sohn milderte ihren Kummer. Drüben im Schatten einer Säule stand Beck, dessen Gegenwart bei der heiligen Handlung Mamie gebieterisch gefordert hatte. Da sowohl die Braut als der Bräutigam allgemein beliebt waren, hatte sich das Schiff der Kirche mit Zuschauern gefüllt; es waren meistens junge Leute beiderlei Geschlechts, auf die eine Trauung dieselbe geheimnisvolle Anziehungskraft übt, wie das Licht auf die Motte.

Die sonst so lebhafte Mamie war jetzt sehr still; ihr hübsches Gesicht sah blass aus unter dem Zweig von Orangenblüten und dem durchsichtigen weißen Schleier und die süßen Lippen bebten ein wenig. Aus dem Antlitz des Bräutigams sprach nur freudiger Triumph. Ein lieblicheres Paar hatte wohl nie vor den Altarstufen gekniet. Zehn Uhr, die festgesetzte Stunde kam, und ging vorüber; eine Minute nach der andern verging, aber ein Hochzeitsgast fehlte noch immer. Marmaduke Meredith, der fest versprochen hatte, zugegen zu sein, war noch nicht erschienen.

Clive war ungeduldig, und als sich die Minuten immer endloser dehnten, beschlich ihn ein Gefühl des Unbehagens. Aber er tröstete sich damit, dass er ja das kostbare Dokument sicher in der Brusttasche seines Hochzeitsfrackes trug. Er flüsterte dem Brautführer neben ihm ein paar Worte zu, worauf dieser sich leise in die Sakristei begab. Gleich darauf trat der Geistliche auf die Altarstufen und der Trauungsakt begann. Clives Antworten waren klar und fest, wie es dem Manne zukommt; Mamies lieblich und leise, wie es für die Frau passt. So vollzog sich die heilige Handlung, die zwei Leben mit Leib und Seele vereinigte. Das Mädchen, Mamie Coyle, verschwand aus der Welt, und die junge Frau Mamie Meredith legte schüchtern, aber vertrauensvoll die kleine Hand auf ihres Gatten Arm, während sie zusammen nach der Sakristei gingen, wo der erste Kuss ehelicher Liebe den Bund besiegelte. In dem ganzen Raum herrschte fröhliche Aufregung und die kleine Brautjungfer wehrte sich vergebens dagegen, sich von dem Brautführer umarmen zu lassen. Mamie Meredith hatte soeben mit zitternder Hand ihren neuen Namen ins Kirchenbuch geschrieben, als draußen ein Wagen in rasender Eile vor die Tür gerasselt kam. Mit gerötetem Gesicht brach Marmaduke Meredith ungestüm in die Versammlung herein und sah sich voll zorniger Bestürzung im Kreise um. »Mein Gott! Komme ich doch zu spät!« rief er aus.

Mamie wich bei seinem Anblick erschrocken zurück, aber sein Neffe trat ihm mit ausgestreckten Händen lächelnd entgegen.

»Nicht zu spät, um uns deinen Segen zu bringen, Onkel. Wir haben bis zum letzten Augenblick auf dich gewartet.«

Sein Onkel starrte ihn an wie versteinert. »Untersteh' dich nicht, mit mir zu sprechen! – Was bedeutet dieser ganze schimpfliche Vorgang?«

»Onkel! Wie kannst du meine Hochzeit so nennen! Hast du mir nicht selbst deine Einwilligung gegeben?«

»Das ist erlogen!« schrie Meredith wütender als je und ganz außer Fassung. »Es klingt sehr unwahrscheinlich, dass ich meinen Neffen an ein unmündiges Kind verheiraten würde, das keinen Heller besitzt.«

Das heiße junge Blut strömte Clive zu Kopf und seine Hände ballten sich unwillkürlich; aber Beck, der sich leise zur Seite gestellt hatte, berührte seinen Arm. »Nur ruhig", flüsterte er, »das Papier –«

Clive hörte ihn und riss das versiegelte Dokument aus seiner Tasche. »Hier habe ich deine Einwilligung, die du mit eigener Hand geschrieben hast. Seht her", rief er den erstaunten Gästen zu, die sich um ihn drängten, »jetzt wird sich zeigen, wer der Lügner ist!«

Er riss den Umschlag auf und hielt das Papier in die Höhe, damit es alle sehen konnten – das Blatt war ganz leer. Marmaduke Meredith stieß ein hartes, höhnisches Gelächter aus. »Bist du jetzt zu Ende mit deinen Narrheiten?« fragte er verächtlich.

»Halten Sie das Blatt ans Feuer", flüsterte Beck mit befehlendem Ton Clive ins Ohr. Betäubt und verwirrt gehorchte Clive mechanisch. ... Da, vor aller Augen erschienen langsam auf dem Papier, in der großen klaren Handschrift von Marmaduke Meredith die Worte:

»Hierdurch gebe ich meine volle und freie Einwilligung zu der Heirat meines Neffen, Clive Worthington Meredith mit Miss Mamie Coyle.

21. November 1893. Marmaduke Meredith.«

Herrn Merediths Gesicht wurde erdfahl. Einen Augenblick rang er in seiner Bestürzung vergeblich nach Atem. Dann brach er verzweifelt in die Worte aus: »Was für ein verfluchter Streich ist das!« und wollte sich des Papiers bemächtigen. Aber Becks große Hand legte sich gleich einer eisernen Klammer um seinen Arm.

»Ruhig, mein werter Herr", sagte er im mildesten Ton, »Verhalten Sie sich so still als möglich, Herr Meredith; Sie haben ein Spiel um einen großen Einsatz gewagt und haben es verloren. Wohl hatten Sie gute Karten, aber wir haben Sie übertrumpft. Von verschwindender Tinte hatte ich schon lange gehört; vielleicht ist Ihnen etwas von unsichtbarer Tinte zu Ohren gekommen, Herr Meredith? Zusammen geben Sie eine gute Mischung, und ich habe mir erlaubt, sie in dem kleinen, irdenen Tintenkrug zu vermischen, als ich vor etwa drei Wochen das Gasrohr in Ihrem Arbeitszimmer ausbesserte. Das ist alles.«

GELÖST UND GEBUNDEN

»Du kannst dir nicht vorstellen, Syd, wie mir die Sache zu Herzen geht.«

»Ach doch, Jack. Ich hab's ja auch durchgemacht.«

Die beiden jungen Leute saßen zusammen auf der Veranda, die auf den Innenhof des Armee- und Marineklubs geht. Früher war das Haus Lord Palmerstons Privatwohnung, jetzt bildet es den behaglichsten Klub von ganz London. Die Herren schlürften ihren Kaffee und grünen Chartreuse dazu. Der eine junge Mann war niedergeschlagen, der andre teilnehmend; ihre Unterhaltung bestand nur aus abgerissenen Sätzen mit langen Pausen. Jetzt brachte der Klubdiener eine Schachtel mit Zigarren, und jeder der Herren nahm sich eine von der großen Sorte heraus, die einen prachtvollen Leibgurt aus Papier in Rot und Gold um die Taille trug. Die Zigarren wurden vorsichtig abgeschnitten und angesteckt; dann rauchten die Freunde eine Weile in feierlichem Schweigen.

»Sie war das witzigste und lustigste Mädchen in ganz London", fing Jack Templeton traurig wieder an; »so ausgelassen wie ein junges Rassefüllen und ebenso schwer zu behandeln. Jetzt ist sie ein ganz verkümmertes, verzagtes Persönchen, das keinem Menschen ein Wort zu sagen weiß. Und was hat sie sonst immer für lustige Einfälle gehabt! Da sitzt sie nun mit einem ganz blassen Gesicht und grämt sich, und ihre blauen Augen sind zweimal so groß wie früher, Donnerwetter, es sieht beinah so aus, als sollte sie die Auszehrung bekommen!«

»Seit wann ist denn Fräulein Vernon so verändert?« fragte Sydney Harcourt.

»Das kann ich nicht genau sagen. Du weißt, ich bin voriges Jahr auf der Löwenjagd in Indien gewesen, und unterdes muss es geschehen sein. Sie ist nur eine weitläufige Cousine von mir, aber wir sind bei Tante Julie wie Bruder und Schwester zusammen aufgewachsen. Erst als ich fort war, merkte ich, dass meine Liebe zu Mabel gar nichts Brüderliches mehr hat. Die Leute neckten sie, und nun wollte sie mir nicht schreiben, das machte die Sache schlimmer. Ehe noch meine Zeit in Indien zur Hälfte um war, kam ich nach Hause und fand eine arme, sanfte, kleine, ganz gebrochene Heilige – von der sonnigen Heiterkeit und dem Übermut keine Spur mehr. Sie ist eben erst einundzwanzig Jahre alt geworden, und es ist schrecklich, mit ansehen zu müssen, wie das junge Ding sich zu Tode grämt, als wenn sie ein trübseliges altes Mütterchen wäre.«

Jack Templeton brach ab, weil seine männliche Stimme anfing zu zittern. Um nicht die Fassung zu verlieren, griff er wieder zur Zigarre und blies mächtige Wolken von sich. Sydney Harcourt legte sanft seine Hand auf die Schulter des Freundes, der seine zartfühlende Teilnahme dankbar empfand. »Sei nicht so niedergeschlagen, alter Kerl", sagte Sydney. »Klagen hilft nichts, du musst handeln, und wenn nichts zu machen ist, dich drein ergeben. Entschuldige die

Frage: Hast du eine Ahnung, was der Grund der plötzlichen Veränderung ist – unglückliche Liebe?«

»Ich weiß nicht; ehrlich gestanden kann ich's mir nicht denken. Ich hätte ja nichts dagegen, wenn sie gleich morgen irgendeinen netten Menschen heiratete, falls sie ihn lieb hat. Es gäbe mir freilich einen Stich ins Herz, aber doch immer noch besser, als sie so elend zu sehen. Fred Haverlie, der schöne Fred Haverlie weißt du – ist sterblich in sie verliebt, und ich glaube nicht einmal wegen ihres Geldes, trotzdem er sehr in der Klemme ist. Aber mir scheint, dass Mab sich gar nichts aus ihm macht. Ich habe die beiden zusammengesehen – sie fürchtet sich eher vor ihm. Sie fürchtet sich jetzt vor ihrem eigenen Schatten. Ungefähr eine Woche ist es her, da fand ich sie mit einem Brief in der Hand; sie weinte, als wenn ihr das Herz brechen sollte, und als ich hereinkam, wurde sie ganz bleich vor Schrecken und verbarg den Brief in ihrem Kleid. Ich hätte alles darum gegeben, sie zu trösten, aber ich durfte ja kein Wort sagen. Manchmal ist sie so lieb und freundlich, dass ich beinahe glauben könnte, sie hätte mich gern; aber dann ist sie wieder so kalt und abweisend, dass ich ernstlich böse sein würde, wenn das arme kleine Ding dabei nicht so todunglücklich aussähe. Was soll ich nur tun? Irgendein Geheimnis muss dahinter stecken. Wenn ich das nur ausgraben könnte!«

»Warum sprichst du nicht mit dem alten Beck davon?«

»Ich glaube, das geht nicht. Die Sache ist so heikel, dass ich sie keinem andern Menschen anvertrauen könnte, als dir, alter Junge.«

»Unsinn, Jack. Der alte Beck ist ja die Verschwiegenheit in Person. Die Damen vertrauen ihm alle ihre Geheimnisse an und schwärmen für ihn. Die Herzogin von Southern fragt ihn um Rat und ein niedliches kleines Mädel, dem die goldenen Locken den Rücken herunterhängen: Flora ... wie heißt sie doch gleich? – ist immer dort zu finden. Sie trinken zusammen Tee und erzählen sich Neuigkeiten. Beck schweigt wie das Grab, da kannst du sicher sein. Lilly ist alle Augenblick bei ihm und berichtet mir, wie es dort zugeht. Ich fange ordentlich an, auf den alten Beck eifersüchtig zu werden.«

»Trotz alledem würde ich es doch nicht richtig finden, wenn ich Mabs Geheimnisse ausschwatzen wollte, so wenig ich auch davon weiß.«

»Dann soll sie selbst hingehen.«

»Wollte Gott, ich könnte sie dazu bringen, aber ich weiß nicht, wie ich es anfangen soll. Wie wäre es denn mit deiner Frau? Sie ist ja Mabs Freundin; vielleicht könnte sie einen Versuch machen?«

»Das würde Lil mit dem größten Vergnügen tun, denn sie hat eine riesige Meinung von Beck. Meine Frau kennt zwar Fräulein Vernon erst seit ein paar Monaten, aber die beiden lieben sich sehr. Mabel macht ihr Kummer, große Sorge, wie sie mir selbst gesagt hat, und sie würde der Freundin gewiss gern zu Hilfe kommen. Wenn du willst, sage ich es ihr heute Abend.«

»Tausend Dank, alter Kerl. Du bist ein Engel!«

So geschah es, dass drei Tage später Fräulein Mabel Vernon in ihrer eleganten Equipage, begleitet von Frau Harcourt, bei Paul Beck vorgefahren kam. »Mir ist ganz, als wenn ich zum Zahnarzt ginge", sagte Mabel mit einem verunglückten Versuch zu lächeln. »Vor dem Zahnausziehen habe ich noch weniger Angst gehabt. Du kommst doch mit, Lil?«

»Sei doch nicht so töricht und mache kein so verzweifeltes Gesicht, Mabel", redete Frau Harcourt ihr zu und küsste sie zärtlich. »Natürlich musst du allein mit Herrn Beck sprechen. Er wartet auf dich, und dass du ihm nur ja alles und alles sagst! Wenn ich dabei wäre, brächtest du kein Wort heraus. In einer Stunde hole ich dich ab.« –

»Setzen Sie sich, Fräulein Vernon", sagte Beck so freundlich und behaglich und zugleich mit so viel Ehrerbietung, dass in dem laut klopfenden Herzen des armen Mädchens sich wieder ein Fünkchen Zuversicht regte. »Frau Harcourt hat mir gesagt, dass Sie meinen Rat einholen wollen. Ich darf Sie wohl darauf aufmerksam machen, Fräulein Vernon, dass ich Ihnen nur helfen kann, wenn Sie mir mit der größten Offenheit entgegenkommen.«

»Das hat ja Lil – ich meine Frau Harcourt – auch gesagt. Aber es ist so schwer. Es ist eine schreckliche Geschichte und ich weiß nicht, was ich anfangen soll.«

»Erzählen Sie das Schrecklichste gleich zuerst, dann kommt die übrige Geschichte von selbst.«

»Nun gut", rief Mabel aufgeregt. »Ich bin verheiratet, heimlich verheiratet, mit einem Mann, der mich gleich an der Kirchentür verlassen hat, mit einem Mann, der mir verhasster ist als der Tod, während ich doch die ganze Zeit über« – sie verlor die Fassung und schluchzte wie ein kleines Kind.

Beck ließ sie ruhig weinen, dann redete er ihr noch freundlicher zu als vorher. »Beruhigen Sie sich ein wenig, Fräulein Vernon, und dann sagen Sie mir, wie es zu der Hochzeit gekommen ist und wie ich Ihnen helfen kann",

»Sie können mir nicht helfen, niemand kann mir helfen!« jammerte sie, »Ich bin ein eitles, dummes, schlechtes Mädchen gewesen. Ich allein bin schuld daran, das ist noch das Schlimmste, und nun muss ich die Strafe auf mich nehmen, so gut ich kann. Wäre ich lieber tot, dann hätte doch das Elend ein schnelles Ende!«

»Sie sind viel zu jung, um so zu sprechen", sagte Beck liebevoll, denn dem armen Ding war es bitterer Ernst, »Da Sie doch einmal zu mir gekommen sind, möchte ich auch sehen, was sich für Sie tun lässt. Erzählen Sie mir die ganze Geschichte.«

»Als mein Vetter, Herr Templeton, nach Indien ging – wir sind immer zusammen gewesen – da war ich ärgerlich und fühlte mich ganz gottverlassen. Ich ging überall hin: auf Bälle, ins Theater, in Konzerte; sogar in alle möglichen Tingeltangel, was natürlich ganz unpassend war. Ich weiß, Tante Julie fand es entsetzlich, aber das war mir gleich. Herr Haverlie ging gewöhnlich mit mir, der schöne Frank Haverlie – Sie haben wohl von ihm gehört?«

Beck nickte. »Er war damals sehr aufmerksam gegen mich. Es war wirklich nur Höflichkeit und Ergebenheit, keine Spur von Kurmacherei oder sonstigem Unsinn dabei. Tante Julie hätte jedes Wort hören können. Aber natürlich merkte ich gleich etwas und deshalb kam es mir nachher so überraschend.«

»Kam was überraschend?«

»Das will ich Ihnen jetzt sagen. Bei einer Matinee im Apollotheater saßen wir allein zusammen in einer Loge, als hinter uns ein junger Mann eintrat, ein auffallend hübscher junger Mann. Offenbar war es ein Bekannter von Herrn Haverlie, der gedacht hatte, er würde ihn allein in der Loge finden. Er entschuldigte sich in der liebenswürdigsten Weise. Herr Haverlie stellte ihn mir vor und natürlich forderte ich ihn auf, dazubleiben. Wir unterhielten uns ausgezeichnet.

»Herr Ransome – sein Name war Claude Ransome – schien vom ersten Augenblick an Gefallen an mir zu finden, und dabei war er so lebhaft, lustig und klug, dass ich nicht umhin konnte, ihn zu bewundern. Wir kamen nun öfter zusammen und er fesselte mich immer mehr. Zuerst pflegte Herr Haverlie ihn zu begleiten, dann trafen wir uns allein. Ich konnte ja auf meinem Rad überall hinfahren, ohne dass jemand etwas davon erfuhr. Dann überfiel mich auf einmal die Angst und ich hätte ihn gern verabschiedet, aber nun konnte ich's nicht mehr, er hatte solche Gewalt über mich. Herr Ransome schien alle meine Gedanken zu erraten, als ob er mir ins Herz sehen könnte, wie kein andrer Mann.

»Es war ein ganz sonderbares Gefühl. Schon damals war die Furcht vor ihm größer als meine Neigung; er aber überredete mich und ich überredete mich selbst, das sei Liebe. Schließlich gab ich auf sein Drängen meine Einwilligung zu einer heimlichen Trauung.«

»Aber was hat Ihr andrer Verehrer, Herr Haverlie, dazu gesagt?«

»Ach, er war gar nicht mein Verehrer ... kein richtiger, wissen Sie. Ich muss gestehen, dass er sich sehr aufopfernd und großmütig benahm, trotzdem er sich ja auch in Herrn Ransome getäuscht hat. Einmal sagte er: ›Es wird mir ein Trost sein, Fräulein Vernon, dass ich Ihnen zu Ihrem Glück verholfen habe, wenn mir auch das Herz darüber bricht.‹ Ich war ganz gerührt. Und dann hat er uns auf jede Weise beigestanden. Vor einem Jahr ungefähr sind wir in aller Stille getraut worden und Herr Ransome, mein Mann, – – verschwand, als wir eben aus der Kirche traten. Seitdem habe ich ihn nie wieder gesehen.

»Herr Haverlie, der Brautführer gewesen war, stand mir rücksichtsvoll und freundlich bei, brachte mich nach Hause und bewahrt nun mein Geheimnis. Er war wütend über meinen Mann und hätte ihn am liebsten umgebracht; aber Herr Ransome war spurlos verschwunden.«

»Vielleicht ist Ihr Gatte – Herr Ransome meine ich – tot?«

»O nein! Er schreibt mir alle paar Monate. Gewöhnlich will er Geld haben, und dann fügt er noch ein paar höhnische Stichelreden bei.«

»Warum kommt er nicht wieder? Vielleicht ist er damals schon verheiratet gewesen.«

»Dazu wäre er doch wohl zu jung; er ist erst zweiundzwanzig. Er droht mir immer, er werde zurückkommen, und dann müsste ich mit ihm leben. Alles könnte ich ertragen, nur das nicht! Ich habe die größte Angst vor seinen Briefen, und wenn ich daran denke, dass er mich zwingen könnte, zu ihm zu kommen, werde ich halb verrückt. Könnte nicht irgendetwas mich davor retten? Irgendein Schriftstück, eine Geldsumme oder so etwas? Ich will alles hingeben, was ich habe, wenn ich nur vor ihm sicher bin!«

»Ja", sagte Beck gedankenvoll, »das wäre durch einen Kontrakt über freiwillige Trennung der Eheleute zu erreichen. Aber erst müssten wir den Menschen einmal hier haben.«

»Er wird nicht kommen.«

»Das lassen Sie meine Sorge sein, wenn ich Ihre Einwilligung habe.«

»Ich bin ja zu allem bereit!«

»Gut, Sie erlauben also, dass ich ein paar Worte in die Times einrücken lasse, in denen Ihre bevorstehende Vermählung angezeigt wird, mit – nun, sagen wir, mit Herrn Haverlie.«

»Ich würde aber doch Herrn Haverlie um alles in der Welt nicht heiraten! Und das wäre ja auch Bigamie.«

»Eine Zeitungsnachricht ist noch kein rechtsgültiger Ehekontrakt, Fräulein Vernon. Sie haben gar nichts dabei zu tun; ich erwarte nur, dass Sie das Gerücht eine Woche lang nicht widerlegen. Wollen Sie mir das versprechen?«

»Lilly Harcourt hat mir gesagt, ich solle Ihnen unbedingt vertrauen.«

»Und das können Sie auch. Glauben Sie mir, Fräulein Vernon, es ist mein lebhafter Wunsch, Ihnen beizustehen.«

Im Klang seiner Stimme lag eine Wärme und Aufrichtigkeit, die dem armen verfolgten Mädchen das Herz erquickte und ihr die Tränen in die Augen trieb. »Tun Sie, was Sie wollen", sagte sie einfach. »Aber nicht wahr, Sie bleiben in der Nähe, um mir zu raten und zu helfen, wenn der schreckliche Mensch zurückkommen sollte?«

»Daran liegt mir selbst sehr viel. Ich bin stolz auf Ihr Vertrauen und werde mein möglichstes tun, es zu verdienen.«

Am nächsten Tag erschien auf der fünften Seite der Times folgende Notiz: »Wir hören, dass Herr Frederick Haverlie sich mit Fräulein Mabel Vernon verlobt hat und dass die Hochzeit binnen Kurzem stattfinden wird. Die Braut wohnt gegenwärtig bei ihrer Tante Lady Julia Filloby in Renvere auf dem Familienlandsitz.«

Noch am selben Tage kam Herr Haverlie in größter Eile aus London, um Mabel zu sprechen. Sie wusste natürlich, was ihn hergeführt hatte, noch ehe er die Times aus der Tasche zog und auf den Tisch legte. »Liebes Fräulein Vernon", sagte er in tiefstem Ernst, »hoffentlich haben Sie keinen Verdacht auf mich, dass ich bei diesem grausamen Scherz die Hand im Spiel haben könnte. Ich bin nur deshalb von London gekommen, um Ihnen zu sagen, wie es mich schmerzt, dass man Ihnen solche Unannehmlichkeiten bereitet hat.«

Aber Mabel war bei Herrn Beck in die Schule gegangen. »Wenn es Ihnen nichts ausmacht, Herr Haverlie", sagte Sie mit dem größten Gleichmut, »mir ist es einerlei.«

»Sie wollen also die Nachricht nicht widerrufen lassen?«

»Ganz gewiss nicht. Warum sollte ich mir noch Sorge darum machen, was die Zeitungen über mich schreiben? Ich habe schon Kummer genug.«

»O Fräulein Vernon – Mabel", rief er, »wenn ich hoffen dürfte, dass das Gerücht jemals zur Wahrheit werden könnte!«

Aber sie wandte sich zornig zu ihm um, mit glühenden Wangen: »Wie können Sie es wagen, Herr Haverlie, Sie, der Sie mein Geheimnis kennen! Ihre Worte beleidigen mich!«

»Ach Mabel", rief er, »höre mich doch zu Ende. Wenn es sich herausstellen sollte, wenn ich beweisen könnte – –«

Mitten im Satz hielt er inne, dann sagte er so sanft und traurig, dass ihr weiches Herz ganz davon ergriffen wurde: »Sie haben recht, und ich habe unrecht getan; aber die Versuchung ging über meine Kräfte. Zum ersten Male habe ich mich vergessen; ich werde es nie wieder tun. Können Sie mir verzeihen?« Ihr Zorn war schnell besänftigt und sie schieden als gute Freunde. Was Haverlie, in der Erregung gesagt hatte, ging ihr aber im Kopfe herum und sie machte Herrn Beck Mitteilung davon. Der Detektiv hatte sich verkleidet als der reiche Brauereibesitzer Bolton aus Yorkshire in der Nähe einquartiert.

Mit verschmitztem Lächeln hörte er ihr zu. »Können Sie es wohl möglich machen, dass Herr Haverlie ein paar Tage hier bleibt? Seine Gegenwart würde uns nützlich sein.«

»Ganz leicht", erwiderte Mabel. »Vetter Jack – Herr Templeton meine ich – hat *carte blanche* bei Tante Julie. Sie vergöttert ihn fast; er darf einladen, wen er will, und ist Herr im Hause.«

»Würde er es Ihnen zu Gefallen tun?« fragte Beck ganz ernsthaft.

»Ach ja; ich glaube.«

Zwei Tage später kam der erwartete Brief von Herrn Ransome. Als Mabel mit zitternden Fingern das Kuvert öffnete, fiel ein Zeitungsausschnitt zur Erde. Der Brief war aus Paris datiert und lautete kurz und trocken:

»Liebe Frau!

Vor zwei Tagen fand ich die inliegende Ankündigung in der ›Times‹. Ich erwartete eine Widerlegung, aber sie blieb aus. Jetzt werde ich hinüberkommen, um nach meinem Eigentum zu sehen. Wenn unsre Verbindung mir auch ebenso zuwider ist wie Dir, so darf man dem Gesetz doch nicht Hohn sprechen; das Wort Bigamie hat einen hässlichen Klang. Deine Verheiratung mit Herrn Haverlie würde ein Verbrechen sein, das ich unter allen Umständen verhindern will. Immer Dein

Claude Ransome.«

Mabel Vernon erschrak über diesen boshaften Brief, aber Beck schien ganz zufrieden zu sein und lächelte vergnügt, als er die Stelle über Haverlie zum zweiten Male las. Nur ein Tag verging, da kam Herr Ransome selbst. Er wurde in die Bibliothek geführt, wo Mabel mit Angst und Zittern auf ihn wartete. Nach dreijähriger Trennung trafen die Gatten wieder zusammen, ohne sich mit Hand und Mund zu begrüßen. Mabel machte ihrem Mann eine steife Verbeugung, und er warf ihr einen verächtlichen Blick zu – offenbar befand er sich in wütender Stimmung.

»Was fällt Ihnen ein!« schrie er Mabel an. »Wie können Sie sich auf solche Schändlichkeiten einlassen!«

So weit war Ransome gekommen, da merkte er, dass ein Dritter im Zimmer war.

Der ehrsame Bierbrauer, Herr Bolton, saß ruhig in einer Ecke, mit dem Rücken gegen das Fenster, und sah unverwandt nach der schönen Gestalt und dem feinen Gesicht von Mabel Vernons Gatten hin, der im hellsten Lichte stand. Es kam Herrn Bolton vor, als habe er noch nie eine so anziehende Erscheinung gesehen. Ransome war ein frischer, schön gewachsener junger Mann, etwas über Mittelgröße. Er hatte eine breite Brust und breite Schultern, aber Hände und Füße so klein, wie bei einem Mädchen. Sein Kopf saß frei und stolz auf den Schultern; die grauen Augen waren groß und glänzend, aber kalt, und ein seidenweiches Schnurrbärtchen fiel über den wohlgeformten Mund. Zwei kleine Ohren, die scharf geschnitten waren wie zarte Muscheln (ein Zeichen von guter Herkunft), guckten aus braunen Locken hervor, die dicht und kraus das schöne Haupt bedeckten.

Das alles hatte Herr Bolton schon mit einem Blick erfasst, als Ransome seine Gegenwart bemerkte und erschrocken innehielt – nur einen Moment; dann fuhr er mit derselben Unverschämtheit fort: »Fräulein Vernon, ich habe Sie um eine Unterredung unter vier Augen gebeten. Wir sind nicht allein.«

»Der Herr ist ein Freund von mir", antwortete Mabel mit dem Mut der Verzweiflung. »Nur in seiner Gegenwart will ich Sie anhören. Er weiß alles, alles sage ich Ihnen, Sie können sich offen vor ihm aussprechen.«

»Nun gut, mir kann es recht sein", erwiderte er mit einem geringschätzigen Blick auf die schwerfällige Gestalt und das stumpfe Gesicht des ehrsamen Bierbrauers. »Dieser gute Freund wird Ihnen schwerlich raten, Bigamie zu treiben.«

Die arme Mabel war ganz vernichtet durch seinen Hohn. Sie versuchte zu sprechen, aber ihre zitternden Lippen brachten keinen Laut hervor. Da kam ihr Beck zu Hilfe und sagte ruhig: »Die junge Dame hat niemals die Absicht gehabt, Herrn Haverlie zu heiraten.«

»Dann bin ich ganz vergeblich gekommen.«

»Nicht ganz, Herr Ransome.«

»Was soll das heißen?« Zorn oder Furcht sprach aus den scharf hervorgestoßenen Worten.

Herr Bolton schien sich so behaglich zu fühlen, wie eine Katze auf einem warmen Teppich. »Haben Sie nur ein wenig Geduld, dann will ich's Ihnen sagen. Sie werden nicht überrascht sein zu hören, dass diese junge Dame keine Lust hat, mit Ihnen zusammenzuleben. Sie ist bereit, das Vergnügen Ihrer Abwesenheit mit Geld zu bezahlen.«

»Sie darf nicht wieder heiraten.«

»Sie kann nicht, meinen Sie wohl, Herr Ransome. Ich habe den Trauschein genau angesehen; unglücklicherweise scheint alles in Ordnung zu sein. Fräulein Vernon kann nur auf eine freiwillige Trennung hoffen und ist bereit, eine hohe Summe dafür zu entrichten.«

»Wie viel?«

»Ihr halbes Vermögen. Sie würden dreitausend Pfund jährlich erhalten.« Ransomes Augen leuchteten vor Geldgier und Freude. Man sah deutlich, dass eine solche Wendung der Dinge seinen Gedanken nicht fremd war. Trotzdem zauderte er noch. »Diese Kurmacherei Haverlies ist mir höchst fatal", sagte er langsam. »Die Welt wird meine Frau immer noch als unverheiratet ansehen.«

»Herr Haverlie ist hier und soll das Dokument mit unterzeichnen, wenn Sie es wünschen.«

Da zögerte Ransome nicht länger. »Ich nehme die Bedingungen an", sagte er.

»Wann soll das Schriftstück unterzeichnet werden?«

»Übermorgen kann der Vertrag vollzogen werden. Wenn Sie es wünschen, können Sie so lange hier bleiben.«

»Natürlich wünsche ich es. Meine Sachen sind auf dem Bahnhof. Können Sie abgeholt werden?«

»Gewiss; wenn Sie niemand mitgebracht haben, kann mein Diener Ihre Aufträge besorgen.«

»Danke, ich brauche keinen Spion. Er soll nur mein Gepäck holen", lautete die liebenswürdige Antwort.

Als Claude Ransome ein paar Stunden später ins Empfangszimmer trat, sah er hübscher aus als je; er trug einen gut sitzenden Gesellschaftsanzug und der prachtvollste Rubin strahlte an seiner Brust. Aus einem stillen Eckchen beobachtete Bolton sein Zusammentreffen mit dem schönen Fred Haverlie, der bei seinem Anblick stutzte und ein paar zornige Worte zwischen den schönen weißen Zähnen hervorstieß. Aber Ransome flüsterte ihm etwas ins Ohr, das wie ein Zauberspruch seinen Zorn besänftigte. Ein paar Minuten entfernten sie sich zusammen und sprachen schnell und eifrig aufeinander ein, dann trennten sie sich. Haverlie sah erregt aus, Ransome siegesgewiss.

Bei Tische saß der junge Ransome neben Herrn Bolton, Mabel beinahe gegenüber, und führte eine lebhafte Unterhaltung, die wie Champagner sprudelte und berauschte. Seine ausgelassene Heiterkeit beängstigte die arme Mabel; sie wurde ganz blass und machte sich so klein wie ein Vögelchen, das vom Blick der glitzernden Schlange hypnotisiert wird. Die gutmütige Tante Julie, die diese Nichte fast ebenso liebte wie ihren Neffen und keinen sehnlicheren Wunsch kannte, als aus den beiden ein Paar zu machen, bemerkte Mabels schlechtes Aussehen und gab das Zeichen zum Aufbruch der Damen, zur großen Betrübnis einer jungen Frau, die zur Rechten des bezaubernden jungen Ransome saß. Während die heitere Gesellschaft vorüberzog, hielt Herr Bolton höflich die Tür offen und es gelang ihm, der niedergeschlagenen Mabel Vernon zuzuflüstern: »Nur Mut! Warten Sie in der Bibliothek auf mich.«

Als die Damen fort waren, rückten die Herren näher zusammen, die Lücken schlossen sich und die Unterhaltung sowohl als der Wein flossen nun noch reichlicher. Ransome fing an, den harmlosen Herrn Bolton zu necken, worüber sich ein paar ältere Herren köstlich amüsierten. Aber ebenso gut hätte er eine Ente mit Wasser begießen können – der Bierbrauer ertrug seine Spöttereien mit unerschütterlicher Ruhe und Geduld. »Ist es erlaubt zu rauchen, Herr Templeton?« rief er über den Tisch hinüber, als die Lachsalven, die Ransomes Witze hervorriefen, sich einmal wieder beruhigt hatten. Jack Templeton nickte zustimmend.

Nun zog Bolton eine goldene Schnupftabaksdose aus der Tasche, die als Zigarrenetui eingerichtet war und auf dem Deckel ein Medaillon mit Brillanten eingefasst zeigte. Während er sich langsam eine Zigarette aussuchte, erregte die Dose die Aufmerksamkeit eines Herrn, der von Ransome weit entfernt saß, und sie wurde ihm zu näherer Betrachtung herübergereicht. »Das Zigarrenetui ist ein Geschenk des Herzogs von Southern«, sagte Bolton; »ich habe einmal das Glück gehabt. Seiner Erlaucht einen kleinen Dienst zu leisten.«

Die kostbare Dose ging von Hand zu Hand, um den ganzen Tisch herum, wurde von jedermann bewundert und verschwand. Herr Bolton wartete darauf, dass sie zurückkäme, und seine Blicke verfinsterten sich allmählich. Die Unterhaltung stockte. Ein unbestimmtes, unbehagliches Gefühl, als ob etwas nicht in Ordnung wäre, bemächtigte sich der heiteren Gesellschaft. Da rief der Bierbrauer mit erregter Stimme über den ganzen Tisch hinüber, die Augen nach der Gegend gewendet, wo Herr Ransome saß: »Wollen Sie nicht so gut sein, meine Dose wieder heraufzuschicken!«

Es folgte eine Totenstille. Die Gäste sahen einander an, aber keiner rührte sich und keiner sprach ein Wort. Jack Templeton, der oben am Tische saß, sprang auf. »Das ist ein schlechter Witz, dem ein schnelles Ende gemacht werden muss!« rief er streng.

Nun protestierten alle, halb ärgerlich, halb beleidigt, aber keiner verließ seinen Platz.

Templeton gewann seine Ruhe wieder. »Die Sache muss aufgeklärt werden«, sagte er. »Von der Dienerschaft ist niemand im Zimmer. Willst du so gut sein, die Tür zu verriegeln, Harcourt? Meine Herren, wo keine Ausnahme gemacht wird, darf keiner sich beleidigt fühlen. Ich muss Sie leider bitten, sich einer Untersuchung zu unterwerfen. Ich selbst will dabei der Erste sein.« Bei dem allgemeinen beifälligen Gemurmel, das als Antwort erfolgte, fehlten die Stimmen von Haverlie und Ransome. Haverlie hatte allerdings den Mund geöffnet, als wenn er gegen die Zumutung protestieren wolle, aber es kam nichts heraus. Wer gute Augen hatte, konnte bemerken, dass Ransome leichenblass geworden war.

Templeton warf Rock und Weste ab und winkte Sydney Harcourt und Herrn Bolton zu sich. Sie untersuchten ihn gründlich und befühlten ihn mit beiden Händen von oben bis unten. »Gehen Sie nach der Reihe von Ihrem eigenen Platz aus«, sagte Templeton zu Herrn Bolton.

Zunächst kam Ransome an die Reihe. Er stand da wie versteinert; sobald aber Harcourt seine Schulter berührte, entwand er sich dessen Händen, fiel auf die

Knie und flehte schluchzend: »Rührt mich nicht an! Rührt mich nicht an! Ich bin unschuldig! Ich schwöre es!«

Jack Templeton machte ein ernstes, strenges Gesicht und sagte: »Wenn Sie unschuldig sind, kann Ihnen die Untersuchung nichts anhaben.« Zum zweiten Male erfolgte beifälliges Gemurmel der Gäste. Ransome warf noch schnell einen verzweifelten Blick auf Haverlie, der stumm blieb und das Gesicht abwendete – dann brach er zusammen. »Ach untersucht mich nicht vor allen diesen Männern!« schrie er gellend auf. »Ich will ja gestehen, ich will ja alles gestehen! Führt mich nur fort.«

Jack Templeton wollte eben sprechen, da flüsterte ihm Bolton ein paar Worte ins Ohr, die wie ein elektrischer Schlag auf ihn wirkten. Trotzdem bewahrte er eine bewundernswerte Ruhe. »Meine Herren", wendete er sich an die Gesellschaft, »verzeihen Sie, bitte, diesen unliebsamen Zwischenfall und entschuldigen Sie mich ein paar Augenblicke. Mein Freund Harcourt wird mich vertreten.« Ohne eine Antwort abzuwarten, verließ er mit Bolton das Zimmer. Sie führten Ransome zwischen sich fort.

Unterdes hatte Sydney Harcourt den Platz des Wirtes an der Tafel eingenommen und die Gäste, die froh waren, dass ein Fremder der Missetäter gewesen, setzten sich wieder. Nur einer fehlte: der schöne Frank Haverlie war durch die geöffnete Tür in den Vorsaal geschlüpft, hatte dort den ersten besten Hut ergriffen und lief nun, so wie er war, im Gesellschaftsanzug mit Lackstiefeln im strömenden Regen die Allee hinunter bis zur nächsten Eisenbahnstation, die eine Stunde weit entfernt lag.

Wie staunte Mabel Vernon, als Jack Templeton und Herr Bolton mit ihrem Gatten, der bleich und zitternd zwischen ihnen ging, die Bibliothek betraten. Das war nicht mehr derselbe Mensch. Wo war die Siegesgewissheit und die Unverschämtheit geblieben, mit der Ransome sie noch vor zwei Stunden gequält hatte? »Was soll das bedeuten, Jack?« rief sie aufgeregt. Templeton errötete, als sie seinen Namen ausrief, und seine Gedanken verwirrten sich. »Die goldene Dose des Herrn Bolton wurde vermisst", begann er.

»Ich habe sie nicht genommen", rief Ransome schluchzend dazwischen. »Wahrhaftig, ich bin unschuldig!«

»Davon bin ich überzeugt", erwiderte Bolton mit der unnachahmlichen Gelassenheit des Geheimpolizisten Beck. Er zog ruhig die verlorene Dose aus seiner eigenen Westentasche und wiederholte: »dass Sie hieran unschuldig sind, davon bin ich fest überzeugt, mein Fräulein.«

»Fräulein?« rief Mabel in höchstem Erstaunen.

»Ja, entweder Frau oder Fräulein", antwortete Beck mit derselben Ruhe. »Ich kann nicht wissen, ob die Dame verheiratet ist oder nicht; das eine aber ist sicher: Sie, Fräulein Vernon sind nicht verheiratet.«

»Ach, ist das möglich?« rief Mabel. »Ist das gewiss wahr?«

»Ganz gewiss", erwiderte der unerschütterliche Beck. »Ich glaube kaum, dass diese Dame wagen wird, das zu bestreiten. Es ist mir ja von vornherein verdächtig gewesen, als ich hörte, dass der schöne Frank Haverlie, von dem mir dies und jenes zu Ohren gekommen ist, einem andern jungen Mann beigestanden haben soll, ein Mädchen zu heiraten, das er selbst gern gehabt. Mir lag daran, diesen fabelhaften Ehemann mit eigenen Augen zu sehen, und als er da war, gelang es mir mit Leichtigkeit, das Spiel der beiden zu durchschauen.«

»Aber wie denn?«

»Erstens tragen die Männer hierzulande keine Ohrringe, mein Fräulein", sagte er, auf ein paar winzige weiße Flecken in Ransomes rosigen Ohrläppchen deutend. »Die goldene Schnupftabaksdose sollte als letzte Probe dienen, und diese gelang vollkommen.«

»Jedenfalls können Sie mir nichts anhaben", rief der ehemalige Herr Ransome trotzig. »Ich bin kein Dieb!«

»Aber etwas viel Schlimmeres, meine Teure", sagte Beck vergnügt.

»Kann ich dafür ins Gefängnis kommen?«

»Sieben Jahre", erwiderte Beck kaltblütig.

»Liefert mich nicht aus, um Gottes Barmherzigkeit willen!« jammerte sie. »Ich bin nicht allein schuld. Haverlie, der Feigling, der jetzt den Mund nicht aufmachen wollte, um mir beizustehen, hat alles ausgeheckt. Im Varietétheater habe ich ihn zuerst kennengelernt, hinter den Kulissen. Ich war dort engagiert, als Fräulein Maud Guilfoyle, um die Gigerlrollen zu spielen; das brachte ihn zuerst auf den Gedanken. Er kam alle Tage, machte mir glühende Liebeserklärungen und versprach, mich zu heiraten. Später sah ich ihn mit Fräulein Vernon zusammen und erriet seine Absichten. Ich war eifersüchtig und in meinem Hass willigte ich ein, seine Pläne auszuführen. Ich wusste, dass er das Fräulein gern hatte und sie ihrem Vetter, Herrn Templeton, nicht gönnte, ich aber gönnte sie ihm nicht. Heute Abend im Empfangszimmer hat er versprochen, mich zu heiraten, sobald die Schenkungsurkunde unterzeichnet sei.

»Ich dachte, alles wäre gelungen und nun – Ach, Fräulein Vernon, ich weiß, ich habe Sie schändlich hintergangen und verdiene kein Erbarmen; aber um Gottes willen, seien Sie barmherzig!«

»Hören Sie, was sie sagt, Fräulein Vernon?« fragte Beck. Aber Fräulein Vernon hörte nichts; sie stand mit Jack Templeton in einer Ecke und redete eifrig auf ihn ein. Jetzt wandte sie den Kopf; ihre Wangen glühten und ihre Augen strahlten vor Glück, die kummervolle Mabel Vernon war verschwunden, desgleichen der siegesbewusste Herr Ransome, an dessen Stelle ein schluchzendes

Mädchen vor ihr stand. »Das arme Geschöpf hofft auf Ihre Gnade, Fräulein Vernon, und hat alles gestanden", sagte Herr Beck; »Sie sind vollkommen frei.«

»Nein, Herr Beck, diesmal haben Sie's nicht getroffen", erwiderte Mabel schelmisch. »Ich bin fest gebunden, und zwar fürs ganze Leben!« Dabei reichte sie ihrem Vetter Jack Templeton glückselig die Hand.

EIN MÜNZVERBRECHEN

Die Parlamentssitzung war in vollem Gange. »Ich stelle den Antrag", sagte eines der Mitglieder, Herr Mirabel, indem er sich erhob und nach englischer Sitte den Hut lüftete,»dass dem Herrn Schatzkanzler, als Vorstand der Münze, die mit meiner Unterschrift versehenen Fragen vorgelegt werden.«

Diese Fragen lauteten wie folgt:

1. Weiß der Herr Schatzkanzler, dass in dem Vereinigten Königreich von Großbritannien und Irland falsche Silbermünzen in großer und immer zunehmender Menge in Umlauf gesetzt werden?

2. Sind schon irgendwelche Maßnahmen getroffen worden, um die Falschmünzer zu entdecken und die gefälschten Geldstücke einzuziehen?

3. Ist es wahr, dass diese Nachahmungen der Reichssilbermünzen aus reinem Silber geprägt sind, und wird sich die Regierung durch diesen Umstand nicht veranlasst sehen, die Doppelwährung und freie Silberprägung als einzig wirksames Schutzmittel einzuführen?

Es war deutlich zu erkennen, dass die Fragen dem stattlichen jungen Schatzkanzler, Sir Robert Vernon, höchst ungelegen kamen. Ohne die geringste Spur seiner gewöhnlichen guten Laune erhob er sich, um sie zu beantworten. »Die Regierung Ihrer Majestät", sagte er, »ist bereits auf die in den Fragen meines ehrenwerten Freundes erwähnten Umstände aufmerksam geworden. Man hat auch alle Maßregeln zur Entdeckung des Übeltäters und zur Verhütung fernerer Gesetzesübertretung ergriffen. Doch wäre dem öffentlichen Wohl nicht damit gedient, wollte ich nähere Mitteilungen hierüber machen. Was die letzte Frage meines ehrenwerten Freundes betrifft, so erwidere ich darauf, dass die Regierung nicht gesonnen ist, die Einführung der Doppelwährung als Mittel zur künftigen Verhütung des Verbrechens vorzuschlagen.«

Bei den Mitgliedern der Opposition entstand ein unterdrücktes Gelächter, aber die Herren auf den vorderen Bänken stimmten nicht ein. Es handelte sich doch um eine allzu ernste Sache. Dass seit drei oder vier Jahren eine ungeheure Menge Silber außerhalb der königlichen Münze geprägt worden war, galt als offenes Geheimnis. Man munkelte sogar, das Verfahren habe sich auf rätselhafte Weise auch auf dem Festland und bis nach Amerika verbreitet. Aber von der riesenhaften Ausdehnung des Betruges machte sich doch niemand einen auch nur annähernden Begriff.

Vor ungefähr fünf Jahren war der Wert des Silbers fort und fort gesunken, bis sich der Preis nur noch auf dritthalb Schilling für die Unze belief. Der wirkliche Metallwert der Silbermünzen Großbritanniens betrug daher etwas weniger als die Hälfte der ihnen aufgeprägten Zahl; ein Schilling enthielt zum Beispiel nicht ganz für einen halben Schilling Silber, und so war es im Verhältnis auch mit dem übrigen Geld.

Das Fallen des Preises hatte natürlich auch die Wirkung, dass die Silberbesitzer nur um so eifriger nach der Doppelwährung verlangten. Aber es hatte auch noch ein andres, weit verhängnisvolleres Ergebnis. Es brachte einen kühnen Unternehmer auf den glänzenden Gedanken, falsche Münzen aus reinem Silber zu prägen. Das Metall der Geldstücke kostete weniger als die Hälfte ihres Wertes, und da die Prägung und das Material genau so gut waren, wie bei dem Geld, das aus der königlichen Münze kam, so war es ein Ding der Unmöglichkeit, die Nachahmung zu entdecken. Die Sache wurde immer großartiger betrieben und bildete sich förmlich zu einem internationalen System aus. Die falschen Silbermünzen kamen in allgemeinen Umlauf, ohne dass jemand gewusst hätte wie. Keiner beanstandete sie, weil sie sich gar nicht erkennen ließen. Hätte man sie für minderwertig erklärt, so wäre das eine ganz falsche Bezeichnung gewesen, denn sie unterschieden sich von den echten Geldstücken nur durch ihren Ursprung. Sie kamen in solchen Massen in den Verkehr, dass die gesteigerte Ausgabe von Silbergeld und die damit verbundene Nachfrage nach dem Metall den Preis des ungemünzten Silbers zu beeinflussen begann. Er stieg allmählich von einer halben Krone bis auf vier Schillinge per Unze; doch wurde diese Preiserhöhung allgemein andern Ursachen zugeschrieben. Selbst die ersten Finanzgrößen hatten keine Ahnung davon, dass ihr eigentlicher Grund nichts als die freie Silberprägung war, die tatsächlich bestand.

Kein Wunder, dass es den Schatzkanzler verdross, als Herr Mirabel auf so rücksichtslose Weise die Aufmerksamkeit des Hauses der Gemeinen und, was noch schlimmer war, des großen Publikums auf diese höchst unbequeme und schwierige Frage lenkte. Trotzdem tat es ihm gleich darauf leid, dass er den Antragsteller so kurz abgefertigt hatte. Der Bankier Mirabel war eines der reichsten, wohltätigsten, gastfreisten und volkstümlichsten Mitglieder des Unterhauses. Er sprach selten, aber immer zur Sache und ohne sich den Anschein höherer Weisheit zu geben, der den Unwissenden so sehr zum Widerspruch reizt. Seine Stimme und seine Börse standen der liberalen Partei, der er mit Leib und Seele angehörte, allezeit zur Verfügung, überdies war er noch ein genauer, persönlicher Freund des Schatzkanzlers, was der ganzen Sache die Krone aufsetzte. Mirabel schien jedoch durch die derbe Abweisung, die er erhalten hatte, keineswegs außer Fassung gebracht. Als etwa eine Stunde später zur namentlichen Abstimmung geschritten wurde, lag ein belustigtes Lächeln auf seinen angenehmen Zügen, während er langsam durch den Abteilungssaal der mit »Nein« Stimmenden schlenderte. Der Schatzkanzler, der hinter ihm kam, fasste ihn vertraulich unter den Arm und zog ihn in eine Nische.

»Sie müssen mir meine Grobheit von vorhin zugutehalten, Mirabel", sagte er. »Offen gestanden bringt uns jene verdammte Geschichte in schreckliche Verlegenheit. Meistens lassen sich falsche Münzen, mag die Prägung auch noch so gut sein, leicht am schlechteren Metall erkennen. Aber hier können selbst die Sachverständigen keinen Unterschied wahrnehmen.«

Dabei zog er eine Handvoll Silbergeld aus der Tasche und klapperte damit in komischer Verzweiflung. »Nichts ist wahrscheinlicher", sagte er, »als dass die Hälfte dieser Stücke nie die königliche Münze gesehen hat. Leicht möglich, dass ich selbst falsches Geld unter die Leute bringe und die Staatskasse betrüge, wenn ich nach der Sitzung mein Essen im Restaurant bezahle.«

Mirabel lachte. »Dieser Gefahr werden Sie so lange ausgesetzt sein, Sir Robert, als Sie zu ihren Finanzgeschäften Rechenpfennige anstelle von Münzen verwenden. Wenn Sie dafür sorgen, dass der Metallwert des Geldes mit seinem Nennwert übereinstimmt, so verderben Sie dem schlauen Unternehmer mit einem Schlage sein Spiel. Kein Mensch würde zum Beispiel daran denken, eine solche Privatspekulation mit Gold anzufangen.«

»Das Heilmittel würde schlimmer sein als die Krankheit", versetzte Sir Robert in etwas ärgerlichem Ton. »Der Staat kann so wenig einen festen Preis für das Silber als für das Brot festsetzen. Ich habe mich immer gewundert, dass ein so scharfsinniger Mensch wie Sie, Mirabel, dies Steckenpferd des Bimetallismus reiten mag. Ihre ganze Lehre scheint mir auf den abgeschmackten Satz herauszukommen: ›Wenn wir Silber im Wert von einer halben Krone vierthalb Schilling nennen, dann ist alles in Ordnung.‹ Nein, bester Freund, das Silber muss wie jede andre Ware den Zufälligkeiten des öffentlichen Marktes unterworfen bleiben. Es wird mir manchmal wirklich schwer zu glauben, dass es Ihnen mit dieser Schrulle Ernst ist.«

»Bitterer Ernst, sage ich Ihnen. Wissen Sie, Sir Robert, dass ich mit meinem Gesamtvermögen für meine Überzeugung eintrete, und das ist ein ziemlich hoher Einsatz. Ich bin nämlich eben dabei, alles Silber aufzukaufen; denn ich glaube an die Zukunft des weißen Metalls und kaufe es im Hinblick auf die kommende Steigerung des Preises. Es geht schon ziemlich rasch in die Höhe, wie Sie wissen werden.«

»So hat Ihnen also die Falschmünzerei keinen Schaden getan?«

»In gewisser Beziehung nein. Jedenfalls vermehrt sie doch den Wert des Silbers. Da ich nun meinen Vorrat größtenteils gekauft habe, als es am niedrigsten stand und fast verschleudert wurde, könnte ich schon jetzt mit großem Gewinn verkaufen. Aber ich mag nicht. Ich bin noch immer Käufer, und da passt mir die Preissteigerung nicht. Auch mache ich meine Einkäufe nicht nur hier im Lande; ich habe auch meinen Zweiganstalten in Frankreich, Deutschland und Amerika den Auftrag gegeben, alles Silber, dessen sie habhaft werden können, zum Marktpreis für uns einzuhandeln. Ich glaube, in der ganzen Welt besitzt augenblicklich niemand so viel Silber wie ich",

»Aber Sie verteuern ja selbst die Ware, wenn Sie so im Großen einkaufen.«

»Sehr wahr, aber das lässt sich nicht ändern. Ich gedenke mit bedeutendem Vorteil zu verkaufen, wenn wir erst die Doppelwährung haben.«

»Das wird nie geschehen.«

»Ich lasse es darauf ankommen. Inzwischen steigt der Preis, und ich habe meine ersten fünf Millionen so billig erworben, dass ich für meinen späteren Bedarf schon eine kleine Extrasumme zahlen kann.«

»Fünf Millionen! Es ist doch nicht denkbar, dass Sie Silber im Wert von fünf Millionen besitzen, Mirabel!«

»Jetzt etwa für sieben Millionen, Sir Robert", versetzte er kaltblütig.

»Eintreten! Eintreten!« riefen die ungeduldigen Stimmenzähler. Der Schatzkanzler und Mirabel mussten laufen; sie traten als letzte Nachzügler ihrer Abteilung in den Gang hinter den Stuhl des Sprechers hinaus.

»Es klingt unglaublich", nahm der Schatzkanzler das Gespräch wieder auf. Er war noch ganz atemlos, teils vom Lauf, teils vor Erstaunen.

»Kommen Sie einmal und sehen Sie sich's selber an. Die Bank ist schon eine Merkwürdigkeit an und für sich. Ein vormals herrschaftliches Haus, wissen Sie, mit den schönsten Kellern von ganz London. Alle meine Angestellten haben dort Kost und Wohnung; ich suche es ihnen so behaglich zu machen als ich kann und nehme auch selbst meistens dort mein Absteigequartier. Ein Junggeselle wie ich wählt sich eben sein Heim, wo er will. Etwas vom Mittelpunkt der Stadt entfernt ist es freilich gelegen, aber ich mag nicht eine Guinee Bodenrente für den Quadratfuß bezahlen. Meine Kunden beklagen sich übrigens deswegen nicht; Leute, die Geld brauchen, nehmen eine kleine Mühe gern in den Kauf. Kommen Sie einmal zum Frühstück zu mir – an welchem Tage es Ihnen passt, dann will ich Sie durch meine große Silberniederlage führen.«

»Ich werde suchen, es einzurichten.«

»Wenn Sie ja sagen, will ich Ihnen auch bei der Münzgeschichte hilfreich an die Hand gehen so gut ich kann.«

»Das könnte mich wohl verlocken. Bitte, warten Sie einen Augenblick.« Sir Robert trat durch den Eingang hinter dem Stuhl des Sprechers wieder in das Haus zurück und stellte sich in einen dunklen Winkel. »Es geschieht dort nichts Besond'res", sagte er, bald darauf wieder herauskommend. »Begleiten Sie mich nach meinem Zimmer, Mirabel, wir wollen dort weiter verhandeln. Sie machen sich keinen Begriff davon, wie wichtig die Sache für uns ist.«

»Mag sein", erwiderte Mirabel, während sie zusammen durch den langen Korridor schritten, »doch weiß ich, dass mir sehr viel darauf ankommt.«

»Nun sagen Sie mir offenherzig", begann der Schatzkanzler, als sie bei verschlossenen Türen allein beieinander im Zimmer saßen, »war es Ihr Ernst, als Sie sagten, Sie könnten mir zur Entdeckung des Falschmünzers verhelfen?«

»Ich selbst natürlich nicht; doch könnte ich Ihnen einen Mann empfehlen – einen Detektiv namens Beck. Sämtliche Polizisten von Scotland Yard sind nur Säuglinge im Vergleich zu ihm, wenn man den Berichten glauben darf.«

»Beck! Beck! Ist mir's doch, als hätte ich den Namen schon gehört! Freilich, das ist ja der Mann, von dem der Herzog von Southern immer mit der höchsten Begeisterung spricht.«

»Und für den die Herzogin schwärmt. Jawohl, das ist er.«

»Ich habe nicht übel Lust, es mit ihm zu versuchen. Wissen Sie, wo er zu finden ist?«

»Er war eben noch im Parlamentsgebäude auf der Zuschauergalerie. Als ich aufstand, um meine Fragen zu stellen, sah ich dort oben sein unbewegliches Gesicht, und dabei fiel mir sein Name wieder ein. Soll ich den Detektiv zu Ihnen schicken?«

»Sie täten mir einen großen Gefallen damit.«

»Schön, also ich rechne mit Bestimmtheit auf Ihren Besuch.«

Mirabel stürzte fort, um Beck nicht zu verfehlen. Fünf Minuten später saß dieser in geheimer Beratung bei dem Schatzkanzler, der ihm mit wenigen Worten den Sachverhalt erklärte. »Dass es eine sehr schwierige Aufgabe ist, Herr Beck, will ich weder vor mir noch vor Ihnen verbergen", sagte Sir Robert. »Unsrer Polizei ist es nicht gelungen, auch nur die leiseste Spur zu entdecken, was wir natürlich vor der Öffentlichkeit nicht merken lassen dürfen. Für das ganze Reich ist die Sache von äußerster Wichtigkeit und der Kostenpunkt, im Fall des Gelingens, von ganz untergeordneter Bedeutung.« »Ich stelle nie Forderungen wegen der Bezahlung", sagte Beck, »und ich bin noch immer gut dabei gefahren. Was in meinen Kräften steht, tue ich um der Aufgabe willen, das Übrige ist Glückssache. Bei dem vorliegenden Fall handelt es sich, wie mir scheint, um zweierlei: erstens, der Falschmünzerei ein Ende zu machen, und zweitens, den Falschmünzer zu entdecken. Die erste Hälfte der Arbeit wird nicht sehr schwierig sein, sobald ich bei den Angestellten der Münze Unterstützung finde.«

»Wenn ich Ihnen einen Brief an Direktor Moulton mitgebe, wird er alles tun, um Ihre Zwecke zu fördern. Lassen Sie mich von Tag zu Tag wissen, wie die Sachen stehen. Vielleicht sollten Sie sich auch mit dem Parlamentsmitglied Herrn Cecil Mirabel in Verbindung setzen. Er interessiert sich sehr für die ganze Angelegenheit und kann Ihnen möglicherweise von Nutzen sein. Nicht wahr, Sie kennen Herrn Mirabel?«

»Den Silberkönig! Den reichsten Bankier Englands! Den Mann, der im Begriffe steht, Rothschild in den Hintergrund zu drängen? Wie sollte ich Herrn Mirabel nicht kennen!«

Moulton bereitete Beck am nächsten Tage in der Münze einen etwas frostigen Empfang; als er jedoch die warme Empfehlung des Schatzkanzlers gelesen hatte, taute er sichtlich auf.

»Jawohl, jawohl, Herr Beck", sagte er mit aller Herzlichkeit, die ihm zu Gebote stand; aber die lange magere Hand hatte keinen festen Druck, das Lächeln um seinen Mund war gezwungen und der Blick der scharfen Augen kalt. »Verlassen Sie sich darauf, wir werden Ihnen Beistand leisten, wo wir irgend können.«

Er hätte Beck gern ein wenig ausgefragt, aber dieser nahm das Kreuzverhör selbst in die Hand. Wenn es nottat, verstand er es, in aller Ruhe sehr entschieden, ja herrisch aufzutreten. »Nicht wahr, dies Konkurrenzunternehmen hat Ihnen Nachteil gebracht?« erkundigte er sich.

»Das wohl; aber weniger, als man denkt, sollte ich glauben. Es hat die neue Ausgabe von Silbergeld verzögert – weiter nichts.«

»Wird jetzt bald eine neue Ausgabe erfolgen?«

»Unverzüglich; mit dem Stempel des laufenden Jahres, wie sich von selbst versteht. Es würde Argwohn erregen – vielleicht eine Panik – wollten wir noch länger damit zögern.«

»Kann ich den Maschinenraum sehen?« fragte Beck kurz.

»Gewiss; bitte hierher.«

Beck untersuchte die Reihe der riesigen Prägepressen mit großer Sorgfalt. Die ganze ungeheure Kraft der großen Maschinen wurde offenbar auf den Punkt gelenkt, wo der Stempel das Metall berührt und ihm das Gepräge verleiht, das Jahrhunderte überdauern soll.

Dann nahm Moulton einen der Stempel – es war eine halbe Krone – von der Stahlkette und händigte ihn Beck ein. »Der Falschmünzer besitzt eine genaue Nachbildung hiervon", sagte er. »Wir können unsere Arbeit nicht von der seinigen unterscheiden.«

»Ich habe mir einen Plan gemacht", versetzte Beck gedankenvoll, »wie man der Sache künftig abhelfen kann. Er klingt so einfach und kindisch, dass ich mich fast schäme, ihn auszusprechen. Aber der Falschmünzerei wäre damit ein Ende gemacht und vielleicht könnte man auch den Betrüger fangen. Ließe sich nicht ein mikroskopisch kleines Merkzeichen auf dem Stempel anbringen, zum Beispiel ein winziges M – das Münze bedeutet – hier auf dem glatten Halse der

Königin? Natürlich dürfte es nur durch ein starkes Vergrößerungsglas bemerkbar sein. Der Betrüger würde nichts davon ahnen und alles neuerdings nachgemachte Geld ließe sich leicht erkennen. Werden dann die alten Münzen allmählich eingezogen, so ist dem Schlaukopf das Geschäft verdorben.«

Der Vorschlag fand Moultons ungeteilten Beifall. »Ich werde sogleich Maßregeln treffen", sagte er.

»Tun Sie nichts übereilt", warnte Beck, »und sorgen Sie vor allem, dass unser Geheimnis gewahrt bleibt. Wenn Sie mir bis morgen eine halbe Krone – ja nicht mehr als eine – zur Probe mit dem neuen Merkzeichen abstempeln lassen könnten, würde ich in einigen Tagen wieder vorsprechen, um weitere Verabredungen mit Ihnen zu treffen".

Tags darauf erhielt Beck die gewünschte Probe und erklärte sich höchst befriedigt, dass sein Gedanke so meisterhaft ausgeführt worden sei. Das winzige M war für das unbewaffnete Auge vollkommen unsichtbar; unter einer starken Lupe dagegen deutlich zu erkennen. Der Detektiv begab sich stehenden Fußes zu dem Schatzkanzler, um es ihm zu zeigen, konnte aber Sir Robert leider nicht sprechen. Ein glücklicher Zufall wollte jedoch, dass Beck Herrn Mirabel im Reformklub traf. Er nahm den Silberkönig beiseite, erklärte ihm seinen Plan und zeigte ihm die Probe.

Mirabel schien wahrhaft entzückt darüber. Er lachte vor Vergnügen über den schlau erdachten Plan und beglückwünschte Beck zu seiner Erfindung. »Also das ist die erste Münze von der neuen Ausgabe?« sagte er, sie aufmerksam durch das Vergrößerungsglas betrachtend, das Beck mitgebracht hatte. »Das Geldstück ist schon an sich eine Merkwürdigkeit; es wird förmlich historisches Interesse haben, wenn die große Verschwörung erst aufgedeckt ist.«

»Sie können es behalten, wenn Sie wollen", sagte Beck gutmütig. »Ich brauche es nicht mehr.«

»Besten Dank", erwiderte Mirabel und steckte die halbe Krone in die Tasche.

Einige Tage später kam das neue Silbergeld aus der Münze. Es wurde nur in sehr geringen Beträgen von den Banken verlangt, so groß war allenthalben der Überfluss an Silbermünzen. Selbst Mirabels Haus, das sogenannte »Silberhaus« hatte nur eine unbedeutende Lieferung bestellt.

Am nämlichen Abend sah man Beck rasch auf die Bank eilen. Dort fragte er nach Herrn Mirabel, der jedoch erst in einer halben Stunde erwartet wurde. Unterdessen trat Beck an eine der Kassenabteilungen des großen kreisförmigen Zahltisches von geschnitztem Mahagoniholz, um eine Fünfpfundnote der Bank von England wechseln zu lassen. »Vier Sovereigns in Gold, den Rest in Silber", sagte er, »womöglich halbe Kronen.«

Mit dem erhaltenen Geld zog er sich in einen stillen Winkel zurück und untersuchte seine acht halben Kronen sorgfältig unter dem Vergrößerungsglas. Ja, da war das winzige M an der bestimmten Stelle klar und deutlich zu sehen. Beck konnte ein Lachen der Befriedigung nicht unterdrücken, als er es gewahr wurde. Mirabel war leise hinter ihn getreten und überraschte ihn bei der Arbeit. »Holla!« rief er und schlug ihm auf die Schulter. »Sie sehen wohl, ob Ihre Falle auch ordentlich aufgestellt ist?« fragte er in leiserem Ton. »Wissen Sie nichts Neues über unser Münzgeheimnis?«

»O ja", erwiderte Beck, »ich glaube jetzt auf der richtigen Fährte zu sein.«

»Bravo!« rief Mirabel mit aufrichtiger Bewunderung. »Wie wird sich der Schatzkanzler freuen! Haben Sie es ihm schon gesagt?«

»Noch nicht. Ich war schon zweimal bei ihm, traf ihn aber nicht zu Hause. Schreiben möchte ich ihm über eine so kitzlige Sache nicht, und doch sollte er die Nachricht zuerst haben.«

»Das trifft sich ja glücklich. Sir Robert kommt um halb drei her, um mit mir zu frühstücken und Umschau zu halten. Wollen Sie nicht zum Frühstück dableiben? Wir könnten nachher über die Angelegenheit sprechen.«

»Sie sind sehr gütig", sagte Beck.

Der Schatzkanzler stellte sich pünktlich um halb drei Uhr ein und wurde von Mirabel schon an der Tür herzlich begrüßt. »Ich habe eine Überraschung für Sie in Bereitschaft, Sir Robert", sagte der Bankier. »Unser unvergleichlicher Detektiv ist hier. Er versichert, dass er die Spur des kecken Falschmünzers gefunden habe.«

Mirabel lachte gutmütig, er schien sehr aufgeräumt.

»Sie scheinen nicht daran zu glauben?« sagte der Schatzkanzler, gleichfalls lachend.

»Die Herren Detektivs laufen immer irgendeiner Fährte nach, das weiß man schon. Warten wir erst ab, wohin ihn diese führen wird.«

»Etwas Näheres hat er also noch nicht davon verraten?«

»Nein; er will seine Weisheit zuerst vor Ihnen auskramen. Ich habe ihn gebeten, mit uns zu frühstücken. Hoffentlich haben Sie nichts dagegen.«

»Bewahre, es freut mich sehr. Natürlich interessiere ich mich ungemein für die geheimnisvolle Münzgeschichte. Aber ganz abgesehen davon muss dieser Beck ein höchst interessanter Mensch sein, nach allem, was man von ihm hört.«

Das Frühstück war ganz vorzüglich und Mirabel machte den liebenswürdigsten Wirt. Es schüchterte Beck nicht im geringsten ein, mit dem Finanzminister und einem mehrfachen Millionär bei Tisch zu sitzen. Auch bewährte er seinen Ruf als interessanter Mann aufs Glänzendste, indem er sowohl Mirabel wie Sir Robert durch seine Geschichten von Gefahren, Kunstgriffen und Siegen in lebhafter Spannung erhielt. Von seinem Anteil daran sprach er mit großer Bescheidenheit, fast als müsse er sich deswegen entschuldigen. »Ist Ihnen denn nie etwas misslungen?« fragte Mirabel.

»Ja, aber davon rede ich nicht", erwiderte Beck unbefangen.

»Sie scheinen mir bei aller Geschicklichkeit doch auch sehr vom Glück begünstigt worden zu sein.«

»Viel Glück und ein wenig Geschick", sagte Beck mit Nachdruck. »Ich habe immer den Satz aufgestellt, dass ein Detektiv nicht zu klug sein darf, besonders wenn er es mit sehr geriebenen Verbrechern zu tun hat. Als Knabe las ich einmal von einem Mann, der durch bloße Unkenntnis, gerade weil er von der Fechtkunst gar nichts verstand, einen berühmten Fechter zu Fall brachte. Gerade so geht es mir. Es gelingt mir meist durch irgendeinen ganz einfachen Kunstgriff, die klügsten Leute zu überrumpeln.« Aber über den vorliegenden Fall ließ sich Beck kein Sterbenswörtchen entlocken. – »Jedes Ding zu seiner Zeit", sagte er. »Verderben wir uns dies gute Frühstück nicht! Auf unsern Fall werden wir schon noch zu sprechen kommen.«

Als das Mahl zu Ende ging, goss Mirabel noch drei große geschliffene Gläser voll Madeira; sie funkelten wie Goldtopas, als das köstliche Nass sie berührte. »Es gibt in der ganzen Welt kaum fünfzig Flaschen von diesem Wein oder einem, der ihm an Feuer gleichkommt. Auf gut Glück und Gelingen, Herr Beck!« Und er erhob sein Glas.

»Das nenn' ich mir einen großmütigen Toast", versetzte Beck wohlgefällig nickend, während er den köstlichen Madeira schlürfte.

Hierauf schritten die beiden Freunde, denen Beck auf dem Fuße folgte, durch das Kassenzimmer mit dem großen Mahagonitisch und stiegen eine eiserne Treppe hinunter, die nach den ungeheuren Gewölben führte, auf die Mirabel so stolz war. Zuerst ging es durch eine Reihe kleiner Zimmer, wo die Bücher der Bank in Schränken lagen, die an den feuerfesten Wänden standen. Dann kamen sie zu größeren Eisenschränken, in denen die kostbarsten Wertgegenstände aufbewahrt wurden; denn Mirabel betrieb eine Art Pfandleihegeschäft im großen Stil unter dem englischen Adel.

»Dieser Kasten birgt allerlei schlimme Familiengeheimnisse", sagte er und schlug mit dem Spazierstock an die Tür eines ungeheuren eisernen Schrankes. »Ich möchte Sie nicht darüber kommen lassen, Herr Beck. Wer diese Dinge zu enträtseln vermag, könnte da merkwürdige Entdeckungen über sehr hochgestellte Persönlichkeiten machen. Alle Geschäfte dieser Art besorge ich immer selbst; sie sind höchst interessant. Aber hier kommen wir zu dem, was ich Ihnen eigentlich zeigen wollte, Sir Robert. Das Übrige ist mehr oder weniger alltäglich, aber was meine Silberkammer betrifft, so schmeichle ich mir, dass man etwas Ähnliches nicht zum zweiten Male in der ganzen Welt findet.«

Sie standen vor einem riesigen Eisengitter mit armdicken Stäben, die in ein Gewölbe von starkem Mauerwerk eingefügt waren. Zwischen den Eisenstäben hindurch blickte man in rabenschwarze Nacht. Mirabel steckte einen kleinen Schlüssel, den er an der Uhrkette trug, in das Schloss, und das furchtbar schwere ungeheure Tor drehte sich glatt in den Angeln und ließ die drei Männer ein. Als sie am Eingang dieser dunklen Höhle standen, vernahmen sie aus der Ferne das Brausen und Schwingen von Maschinen.

»Was für ein Ton ist das?« fragte Sir Robert.

»Er kommt von dem Petroleummotor", versetzte Mirabel, der vermittels eines Dynamos die Lampen entzündet, die Silberkarren und Fahrstühle in Bewegung setzt und sich auch sonst auf allerlei Art nützlich macht. Ich zeige sie Ihnen gleich nachher. Hier sehen Sie einen Teil ihrer Arbeit.«

Er drehte an einem Elfenbeinknopf, worauf gut hundert Glühlampen auf einmal an Decken und Wänden erstrahlten und das hohe Gewölbe mit blendend weißem Licht durchfluteten. Der ganze Raum war mit Silber angefüllt. Große Barren des edlen Metalls lagen in Haufen umher und rings standen aufgebauschte Säcke, die so locker zusammengebunden waren, dass man die glänzenden Münzen aus der Öffnung herausblitzen sah. Viele Silberbarren und Säcke waren auf Rollwagen geladen, die auf Schienen mitten durch das Gewölbe liefen, um die Schätze in die Oberwelt hinaufzubefördern.

An einem großen Teil der Wand entlang reihten sich Quadern von schwarzem Metall wie geschichteter Torf in einem irischen Moorbruch.

»Was ist denn das?« fragte Sir Robert.

»Gleichfalls Silber", erwiderte Mirabel, »reines Silber, wie es aus den Minen kommt.« Er schlug mit der Stockspitze auf eines der schwarzen Stücke und ein reiner köstlicher Klang, den man mit Recht »silberhell« nennt, ließ sich vernehmen.

»Wahrhaftig, Sie verdienen den Beinamen ›Silberkönig‹!«, rief der Schatzkanzler bewundernd aus.

Immer zwischen Silber dahin gehend, kamen sie fünfzig Fuß weiter zu der großen Maschine, die dicht an der Schlussmauer des Gewölbes stand. Die ganze Luft erzitterte von der Bewegung, wenn die Kolbenstangen durch die Zylinder glitten und das ungeheure Schwungrad kreisend schwirrte. Mirabel war offenbar sehr stolz auf seine Riesenmaschine. »Sie hat die größte Leistungsfähigkeit, ist sinnreich und dabei nach so einfachem Grundsatz konstruiert wie ein Schiebkarren", sagte er. »Sie wird mit Petroleum gespeist, und man brauchte sie nur mit einer Erdölquelle in Verbindung zu setzen, so würde sie gehen, solange es noch einen Tropfen Öl darin gibt. Diese hier ist jetzt schon ein paar Monate in ununterbrochener Bewegung.«

Beck interessierte sich so sehr für die Maschine und trat so dicht heran, dass Mirabel ihm erschreckt zurief: »Nicht so nahe, Freund. Geben Sie acht, sonst geschieht ein Unglück. Erst neulich ist einem Arbeiter der Arm von dem großen Rad vollständig zermalmt worden. Wie ein schlaffes Seil hing er ihm am Leibe herab.« Beck war auf der Stelle zurückgetreten.

»Besten Dank für die Warnung", sagte er. »Ich weiß jetzt schon alles, was ich wissen wollte.«

»Wenn Sie uns doch auch alles sagen könnten, was wir über das Münzgeheimnis wissen wollen", äußerte der Schatzkanzler.

»Mit dem größten Vergnügen von der Welt, Sir Robert, wenn Sie und Herr Mirabel mir einen Augenblick Ihre Aufmerksamkeit schenken wollen.«

Damit nahm er ein paar von den halben Kronen aus der Tasche, die er soeben auf der Bank erhalten hatte, und händigte sie dem Schatzkanzler ein. »Seien Sie so freundlich, den Hals Ihrer Majestät der Königin zu untersuchen", sagte er.

»Dabei ist kein Betrug", rief der Schatzkanzler lachend; »ich sehe das winzige M, von dem Sie mir erzählt haben, ganz deutlich. Gewiss gehören diese Stücke zu dem neuen Silbergeld, das eben aus der Münze kommt.«

»Nein, Sir Robert", entgegnete Beck gelassen, »dies Geld hat die königliche Münze nie gesehen; es ist Privatarbeit – das Fabrikat des vormals unbekannten Falschmünzers.«

»Vielleicht könnten Sie uns seinen Namen nennen?« sagte Mirabel lächelnd.

»Sein Name ist Cecil *Mirabel*", erwiderte Beck, die Hand schwer auf des Silberkönigs Schulter legend.

Der Schatzkanzler stand sprachlos vor Erstaunen da. »Seien Sie doch kein E-sel!« rief Mirabel – es lag mehr Überraschung als Zorn in seiner Stimme.

»Der Esel hat diesmal den Fuchs gefangen", entgegnete Beck mit großer Gelassenheit, »und zwar obendrein in einer höchst simplen Falle. Das M auf diesen Geldstücken bedeutet nicht Münze, sondern Mirabel. Wir haben nur ein Einziges zur Probe machen lassen, nämlich die halbe Krone, welche ich Ihnen gegeben habe, weil ich dachte, Sie würden sie als Modell brauchen. Alle andern sind hier an Ort und Stelle angefertigt.«

Mirabel stand einen Augenblick in tiefen Gedanken da wie ein Schachspieler, der mattgesetzt ist und vergebens nach einem Ausweg sucht. »Sie haben den Trick und das Spiel gewonnen, Herr Beck", sagte er ruhig und ohne den geringsten Groll zu verraten. »Sehr fein haben Sie's angefangen, das muss ich gestehen; obgleich ich mich natürlich nicht hätte verraten sollen wie ein Narr.«

Jetzt endlich hatte sich der Schatzkanzler wieder einigermaßen gefasst. »Aber um Himmels willen, Mirabel", rief er, »Sie wollen doch nicht etwa sagen, dass *Sie* der Falschmünzer sind?«

»Es würde jetzt wohl wenig nützen, Sir Robert, wenn ich es leugnen wollte.«

»Aber wie und wo in aller Welt haben Sie denn einen solchen Haufen Geld geprägt?«

»Fragen Sie doch Herrn Beck.«

»Zeigen Sie es uns lieber selbst, Herr Mirabel«, erwiderte der Detektiv höflich; »wir würden damit Zeit und unnötigen Lärm ersparen.«

»Sie wissen es natürlich?«

»Jawohl. Ich habe den Teil der Riemenleitung gesehen, die hinter der Maschine durch die Mauer führt. Dort ist noch ein Gewölbe für Privatgeschäfte. Da es nun etwas umständlich wäre, wenn wir erst durch die Mauer brechen oder die geheime Tür suchen müssten, so könnten Sie uns dieser Mühe überheben.«

»Da haben Sie wieder recht, Herr Beck – ich glaube, Sie irren sich nie.«

Mirabel steckte denselben kleinen Schlüssel, dessen er sich vorhin bedient hatte, in ein Loch, das wie eine Mauerspalte aussah, und öffnete eine geschickt angebrachte mit Steinen und Mörtel verkleidete eiserne Tür. Er schritt voraus, und im nächsten Augenblick vernahm man das Ticken eines Telegrafen. Gleich darauf erstrahlte das elektrische Licht.

»Es war nur eine Depesche an meine Arbeiter, um ihnen anzuzeigen, dass die Geschichte zu Ende ist«, sagte Mirabel, so ruhig, als ob sich das ganz von selbst verstünde.

Das zweite Gewölbe, in dem sie sich jetzt befanden, war größer als das Erste und ganz wie eine Münze eingerichtet; Schmelztiegel, Walzwerke und Prägpressen, kurz, alle Erfordernisse einer solchen waren vorhanden.

Mirabel führte sie überall mit der größten Kaltblütigkeit umher. Niemand hätte auf den Gedanken kommen können, dass er ein Mann war, den man eben auf einem riesenhaften Betrug ertappt hatte. Ruhig zog er sein Zigarrenetui aus der Tasche und bot es erst dem Schatzkanzler und dann Herrn Beck an. Mechanisch wählte sich Sir Robert eine Zigarre und entzündete sie an dem Wachskerzchen, das Mirabel ihm gefällig hinhielt. Der Schatzkanzler war bei Weitem am aufgeregtesten, da er den Gedanken nicht fassen konnte, dass sein vertrauter Freund sich als kolossaler Schwindler entpuppt hatte.

»Bitte, nehmen Sie Platz«, sagte der Eigentümer der Privatmünze mit vollendeter Höflichkeit. »Wenn es nicht zu neugierig erscheint, Sir Robert, so möchte ich wohl gerne wissen, was Sie in dieser Angelegenheit zu tun gedenken?«

»Meine Pflicht«, erwiderte der Schatzkanzler.

»Freilich, freilich, das versteht sich ja von selbst. Aber was ist Ihre Pflicht?«

»Sie sogleich der Polizei zu übergeben.«

»Das glaub' ich nicht; ganz gewiss nicht. Ich würde ungefähr zehn Jahre Zuchthaus bekommen, nach meiner Berechnung; das wäre für mich persönlich ja keine Annehmlichkeit, aber ich will die Sache gar nicht vom persönlichen Standpunkt aus betrachten. Was glauben Sie wohl, dass aus meiner Verurteilung entstehen würde? Denken Sie sich einmal, welche Folgen es haben müsste, wenn man entdeckt, dass die Hälfte alles Silbergeldes von Großbritannien, der andern Länder gar nicht zu erwähnen, falsch ist. Eine riesige Panik würde ausbrechen, und Bankrott auf Bankrott müsste folgen, bis eine allgemeine Handelskrisis entstünde, worin viele Tausende von Existenzen zugrunde gingen, und das alles nur, damit ich Armer zu zehn Jahren Zwangsarbeit verurteilt würde. Mir scheint, damit wäre dies Vergnügen zu teuer bezahlt. Sind Sie nicht auch der Ansicht?«

Der Schatzkanzler war offenbar in einer großen Klemme. »Gerechtigkeit werde geübt, und sollte die Welt darüber zugrunde gehen", sagte er, sich eines geflügelten Wortes bedienend, weil er selbst nicht aus und ein wusste.

»Die Welt wohl, aber doch die Regierung nicht. Der Zweck der Strafe ist die Verhütung künftiger Übeltat und deren bedarf es hier nicht. Es ist keine Gefahr vorhanden, dass irgendjemand mein Wagnis wiederholen wird, was auch mit mir geschehen mag. Meine Münzen haben den gleichen Wert wie die Ihrigen, solange sie unentdeckt bleiben; nur sind ihrer zu viele, das ist der Übelstand. Man muss sie allmählich außer Kurs setzen. Das wird natürlich nicht ohne Kosten abgehen, aber ich würde mich gern mit mehr als einer Million in die Bresche schlagen. Ihnen machen zehn Jahre meines Lebens freilich wenig aus, für mich haben sie dagegen großen Wert und ich bin bereit, dafür zu zahlen.«

»Das hieße gegen Entschädigung von der Verfolgung des Verbrechers abstehen", murmelte der Schatzkanzler unschlüssig.

»Keineswegs. Die Staatsgewalt hat das Recht der Gnade. Es wäre nichts als die Annahme von Gewissensgeld, wie sie zum Beispiel beim Steueramt üblich ist. Der hohe Betrag macht keinen Unterschied, sobald der Grundsatz einmal feststeht.«

»Ich muss mich darüber mit meinen Kollegen beraten.«

»Tun Sie das. Ich setze das beste Zutrauen in Ihren gesunden Menschenverstand und betrachte die Angelegenheit als abgemacht. Herrn Becks winziges M wird den Münzsammlern des vierzigsten Jahrhunderts noch Kopfzerbrechen machen.«

»Die Falschmünzerei muss unbedingt aufhören.«

»Versteht sich. Es wäre Wahnsinn, wollte ich es noch einmal versuchen. Aber ich will mein Wort darauf geben, falls Ihnen das größere Sicherheit zu gewähren scheint.«

»Nach dem, was geschehen ist, sollte ich Ihrem Wort nicht mehr trauen; aber ich tue es doch. Wir sind gute Freunde gewesen, Mirabel, und die heutige Entdeckung betrübt mich aufrichtig, besonders deshalb, weil Sie über Ihr Verbrechen bis zuletzt weder Scham noch Reue zeigen", fügte er zögernd hinzu; denn nichts ist für einen Mann von Welt peinlicher, als den Sittenprediger spielen zu müssen.

»Tun Sie mir den Gefallen, Sir Robert, und reden Sie keinen Unsinn", versetzte Mirabel lebhaft. »Ich bin tatsächlich nur ein Bimetallist gewesen, weiter nichts. Ich habe den Mut gehabt, meiner Überzeugung zu folgen und das, was ich predigte, in die Tat umzusetzen. Die freie Silberprägung hat mir Gewinn gebracht, solange sie dauerte, das leugne ich gar nicht. Doch habe ich mit meinem Geld sehr viel Gutes getan. Das werde ich auch in Zukunft so halten und nebenher mein Leben genießen. Bei der ganzen Sache ist nur ein Umstand, den ich bereue.«

»Und der wäre?«

»Dass ich Ihnen Herrn Beck empfohlen habe.«

STAATSGEHEIMNISSE

Der Minister des Innern, James Brandal, griff nach seiner Times, überflog die erste Seite in größter Spannung und warf das Blatt so heftig zu Boden, dass die weiße Angorakatze, die sich auf dem Teppich am Kamin gemütlich ausgestreckt hatte, erschrocken in die Höhe fuhr. »Schon wieder!« war alles, was Brandal sagte. Aber seine Frau, die allein mit ihm an dem behaglichen, wohlbesetzten Frühstückstisch saß, schien ihn zu verstehen. Sie trat hinter seinen Stuhl, legte ihm die eine Hand sanft auf die Schulter und spielte mit der andern in den krausen braunen Locken ihres Gatten, die neuerdings anfingen, sich mit grauen Fäden zu untermischen. Herzliche Teilnahme leuchtete aus ihren liebevollen dunklen Augen, als sie so zu ihm niedersah.

»Ich will versuchen, ruhig zu bleiben, Fanny", sagte er als Antwort auf ihre stumme Bitte; aber die schweren Wolken, die auf seiner klugen Stirn lagerten, wollten nicht weichen, auch der stärkste Wille ist manchmal machtlos den Sorgen gegenüber. Er sprang vom Stuhl auf, ließ das Frühstück unberührt stehen und ging ruhelos im Zimmer hin und her, während der Tee in seiner Tasse immer kälter wurde. »Wir haben schon schlimme Zeiten zusammen durchgemacht, Fanny", fing er wieder an. »Vor zehn Jahren hast du dich dem Advokaten ohne Praxis anvertraut, der jetzt Staatssekretär von England ist, und du wirst zugeben, dass ich noch nie den Mut verloren habe. Jetzt aber – höre nur.«

Er hob die Zeitung auf, strich sie glatt und las: »Wir sind in der Lage, aus stets gut unterrichteter Quelle mitzuteilen, dass in der gestrigen Kabinettssitzung beschlossen wurde, die Dauer der Parlamentsberatungen auf keinen Fall abzukürzen. Nur zwei Mitglieder stimmten gegen diese durchgreifende Maßregel, der Sekretär des Auswärtigen, Lord Weldon und ein andres Kabinettsmitglied.«

»Ist es denn wahr?«

»Vollkommen, mein Herz, darin liegt ja die Schurkerei.«

»Aber, Jim, hat es denn wirklich so viel auf sich?« sagte sie und nahm die Zeitung in die Hand.

»Diese Veröffentlichung heute hat sehr wenig auf sich, mein Engel, eigentlich gar nichts. Aber zum fünften Mal in diesem Monat sind Kabinettsgeheimnisse der Times verraten worden und unzweifelhaft durch ein Mitglied des Kabinetts selbst. Die letzte Nachricht war von der allerhöchsten Wichtigkeit.«

»Das ist natürlich schrecklich, lieber Mann, aber du kannst's doch nicht ändern. Ich sehe gar nicht ein, warum du dich so damit quälst, es betrifft dich doch nicht.«

»Gewiss betrifft es mich, Fanny. Es betrifft meine höchsten Interessen: meine Stellung, meine Aussichten, meine Ehre. Ich weiß nicht, wie ich es dir sagen soll, liebes Herz, aber mir kommt es so vor, als ob die Kollegen im Kabinett mich täglich mehr im Verdacht hätten. Sie halten mich für den Verräter.«

»Dich, Jim, dich!« Tränen der Bestürzung traten in ihre schwarzen Augen. »Wer wagt es, dich zu verdächtigen?«

»Ich fürchte, der Premierminister selbst, und Lord Weldon gewiss.«

»Ich glaub' es nicht, ich kann es nicht glauben, du bist zu empfindlich. Vorgestern Abend habe ich erst Lord Weldon auf dem Ball bei der Herzogin von Southern getroffen. Er war höchst liebenswürdig, saß während des Tanzes über eine Stunde bei mir und schien dir sehr freundlich gesinnt zu sein.«

»Gegen eine schöne Frau ist Lord Weldon immer liebenswürdig. Du brauchst nicht rot zu werden, Fan; darüber bist du doch gewiss nicht im Unklaren, dass im ganzen Saal keine so hübsch aussah, wie du; selbst die lebhafte kleine Herzogin nicht. So viel richtiges Gefühl hat doch der Lord, dass er es die Frau nicht merken lassen wird, wenn er dem Mann misstraut. Du erinnerst dich wohl, Fan, wie scharf ich damals ihm gegenüber aufgetreten bin, als ich mir die erste Anerkennung im Parlament eroberte; vielleicht ein wenig zu scharf, aber es war mir Ernst. Er trug mir meine Opposition nicht nach und ich weiß, dass er dafür gestimmt hat, als es sich darum handelte, ob ich ins Kabinett aufgenommen werden sollte. Seitdem hat er sich stets sehr kollegial gegen mich benommen, aber solche Sachen lassen doch immer einen Stachel zurück. Er wäre kein Mensch, wenn nicht im Verborgensten Winkel seines Herzens ein Vorurteil gegen mich lauerte, das er mit dem besten Willen nicht totmachen kann. Ich bin zuletzt eingetreten und bin das jüngste und mittelloseste Mitglied des Kabinetts; die andern sind lauter erprobte Veteranen, deren Charakter und Stellung sie vor jedem Verdacht schützen. Eine Woche, nachdem ich eingetreten war, haben die Enthüllungen in der Times angefangen. Ich muss gestehen, Fanny, bei solchen Beweisen könnte ich mich beinahe selbst für den Schuldigen hallen.«

Er warf sich in einen Stuhl und lachte, aber es war kein heiteres Lachen. Die Frau forschte angstvoll in seinen Zügen, fast als dämmere eine schreckliche Möglichkeit in ihr auf. Auch über ihre Augen senkte sich ein Schatten, aber sie blieb dem Frauenberuf treu und versuchte, ihn zu trösten. »Verliere den Mut nicht, Jim", flüsterte sie leise, »die Wahrheit muss doch an den Tag kommen. Du hast bisher jedem Unglück und jeder Gefahr tapfer die Stirn geboten. Gib die Hoffnung nicht auf, um meinetwillen.« –

Der Minister des Innern, James Brandal, war nicht der Einzige, dem die Verräterei im Kabinett schwere Sorge machte. Der Premierminister selbst war ganz unglücklich darüber; die letzten sechs Wochen mit ihrer quälenden Unruhe hatten schwerer auf seiner Gesundheit und seiner Stimmung gelastet, als fünfzig Jahre im offenen ehrlichen Kampf der politischen Parteien. Am Nachmittag jenes Tages ging er in seinem Studierzimmer ebenso aufgeregt hin und her wie Brandal in seinem Frühstückszimmer. Er vergaß ganz, was für wichtige Akten auf dem Schreibtisch lagen und seiner harrten; da klopfte es schüchtern an seine Tür. Auf sein kurzes »Herein!« erschien der Diener und überreichte ihm eine Visitenkarte.

Gewöhnlich war der Premierminister von der größten Sanftmut; jetzt aber waren seine Nerven so gereizt, dass er den Diener ärgerlich anfuhr: »Habe ich dir nicht ausdrücklich gesagt, Wilhelm, dass ich unter keinen Umständen gestört sein will?« Er warf einen schnellen Blick auf die Karte. »Ach, Lord Weldon! Führe ihn gleich herauf.«

Einen Augenblick später trat Lord Weldon leise ins Zimmer. Es war ein sehr angenehm aussehender Mann, von ungefähr fünfundfünfzig Jahren mit schneeweißem Haar, aber der freundliche Ausdruck seines Gesichts und eine frische, klare Hautfarbe ließen ihn jünger erscheinen. Die Künste und Ziereien des ältlichen Gecken waren ihm fremd und es gab keinen Menschen auf Erden, der ein so liebenswürdiges Benehmen zur Schau getragen hätte wie Lord Weldon. Ein Freund der Damen, liebte er nur die Schönheit, aber viele Schönheiten liebten ihn. Natürlich wurden Skandalgeschichten erzählt, doch blieben sie immer nur im Stadium des Gerüchts. Der Lord war noch Junggeselle. Unter seinen Freunden zirkulierte der Witz, er könne nicht heiraten, weil sonst in der weiblichen Aristokratie Selbstmorde zu befürchten seien.

Heute liegt ein Schatten auf dem hübschen Gesicht, das sich der Welt sonst in strahlender Heiterkeit zeigt. Sorgfältig schließt Lord Weldon die Tür, ehe er den freundlichen Gruß seines Kollegen erwidert. »Hast du den schändlichen Artikel gelesen, Charles?« fragte der Premierminister mit einem Blick auf die Times, die, zum Knäuel geballt, in einer Ecke des Zimmers lag.

»Ach, leider habe ich noch schlimmere Nachrichten für dich, Arthur. Wir werden auch im Ausland verraten, nicht nur zu Hause. Eben bekomme ich ein chiffriertes Telegramm von der Gesandtschaft in Petersburg, die mir mitteilt, dass die geheime Expedition gegen den Radscha von Rangham der russischen Regierung in allen Einzelheiten bekannt ist. Natürlich hat die Nachricht das größte Aufsehen erregt. Ich fürchte, es wird uns nichts übrig bleiben, als die Expedition aufzugeben.«

»Es ist entsetzlich! Ganz entsetzlich!« rief der Premierminister und rannte glühend vor Zorn im Zimmer umher. »Noch nie ist die Ehrenhaftigkeit britischer Staatsmänner vor den Augen der ganzen Welt so in den Staub gezogen worden. Noch nie hat das englische Kabinett einen niederträchtigen Spion zu seinen Mitgliedern gezählt. Wir dürfen die Schufterei nicht länger mit ansehen, Charles. Was aber können wir tun? Hast du eine Idee, was sich dagegen tun lässt? Eines ist mir jedenfalls klar: Entweder müssen mir den Verräter ausfindig machen und die Ehre des Kabinetts wieder herstellen, oder unter irgendeinem Vorwand unsre Entlassung nehmen. Dann kommen die Tories an die Regierung und in ihrem Kabinett wird kein Verräter sein.«

»Nein, Arthur, das kannst du nicht tun, du hast eine viel zu große Mehrheit im Unterhaus, und eine größere, als du selber weißt, im Lande draußen. Die Tories würden keinen Tag am Ruder bleiben; eine allgemeine Wahl wäre die unausbleibliche Folge und du würdest mit größerer Stimmenmehrheit als je wieder gewählt.«

»Dann bleibt nichts übrig, als den Spion zu fangen.«

»Das ist leichter gesagt, als getan. Hast du denn irgendeinen Verdacht?«

»Das Verbrechen ist so schändlich, so grundgemein, dass ich mich scheue, auch nur in Gedanken irgendeinen Menschen fähig zu halten, es zu begehen.«

»Und doch ist unzweifelhaft ein Mitglied des Kabinetts der Schuldige, das darfst du nicht vergessen, Arthur, so schlimm das Verbrechen auch ist. Allzu peinliches Zartgefühl würde uns bei seiner Entdeckung die Hände binden; wir müssen diese geheimnisvolle Verräterei mit der Wurzel ausrotten und unsre persönlichen Gefühle zum Opfer bringen.« Lord Weldon sagte das mit so strengem Ernst, wie man es bei dem stets heiteren und freundlichen Mann kaum für möglich gehalten hätte.

Mit offenbarem Widerstreben sagte jetzt der Premierminister leise: »Alle verdächtigen Anzeichen treffen auf *einen* unter uns zu. Kannst du seinen Namen erraten?«

Lord Weldon schüttelte den Kopf. Trotzdem sie allein waren, bei geschlossenen Türen, kam der Premierminister einen Schritt näher und flüsterte ihm den Namen zu.

»Brandal!« rief Lord Weldon in höchstem Erstaunen. »Unmöglich, dass er sich so weit erniedrigen konnte!«

»Wir hätten es für unmöglich gehalten, dass irgendein Mitglied des Kabinetts sich so erniedrigte. Aber vergiss nicht, wie du mir eben sagtest, dass es einer sein muss. Bei wem wäre es weniger unmöglich?«

»Ich kann nicht glauben, dass Brandal der Verräter ist. Ebenso gut könnte ich es selbst sein.«

»Aber warum, Charles, warum?« fragte der Premierminister, der durch des andern Widerspruch und Unglauben in Eifer geriet. »Er ist das jüngste Mitglied, so viel steht fest, und seit seiner Ernennung hat die Verräterei begonnen.«

»Sieh dir die Sache unbefangen an, Arthur. Warum sollte er so etwas riskieren? Brandal ist schnell vorwärtsgekommen und wird Karriere machen. Er ist außerordentlich beliebt und genießt großes Vertrauen im ganzen Lande. Dabei ist er der beste Redner im Unterhaus – mit einer einzigen Ausnahme.«

»Ohne Ausnahme, Charles. Ich bin nicht übermäßig bescheiden, aber hoffentlich auch nicht eitel. Brandal ist der bedeutendste Redner, den ich je im Unterhaus gehört habe.«

»Er hat einen außerordentlich großen Einfluss auf das Volk.« »Und mit Recht, das hätte ich wenigstens vor sechs Wochen noch gesagt. Er ist seinen Prinzipien treu geblieben, durch dick und dünn, durch böse Gerüchte und gute Gerüchte, ja, wir können nicht leugnen, dass er auch uns bis zu einem gewissen Punkt seine Anschauungen aufgezwungen hat.«

»Und kann man sich vorstellen, dass ein solcher Mann seine hoffnungsvolle Laufbahn durch eben den Verrat in Gefahr bringt? Dass er seinen Feinden – und wir wissen, dass es ihm an bittern Feinden nicht fehlt – eine solche Handhabe bietet?«

»Vielleicht erschien ihm die Gefahr gering und die Versuchung war groß. Ich sage es ungern, aber, Brandal ist in unserm Kabinett der Einzige, der kein Vermögen hat.«

»Geldgierig sind manchmal auch die Reichen. Ich habe nie bemerkt, dass Brandal auf Gewinn großen Wert legte. Seine Frau, Fanny Power, die »schöne Maid von Erin«, wie sie genannt wurde, besaß keinen Heller, als er sie heiratete. Der Charakter des Mannes bietet nicht den geringsten Anhalt für einen solchen Verdacht.«

Der Premierminister legte seinem Freund die Hand auf die Schulter und sagte liebevoll: »Die Großmut deines eigenen Charakters macht dich blind, Charles. Wie oft hat dieser Mann dich in der Kammer heftig angegriffen! Und nun fühlst du dich verpflichtet, ihn zu verteidigen. Er wird dein einziger Nebenbuhler sein, wenn meine Stelle einmal neu besetzt wird, was nicht lange mehr ausbleiben kann, und unwillkürlich treibt dich dein Edelmut, für ihn einzustehen. Auf dein Zureden ist er ins Kabinett gekommen. Ich wollte, er wäre draußen geblieben!«

»Das musst du nicht sagen, Arthur; du wirst sehen, er ist unschuldig.« »Ich darf nicht einmal hoffen, dass du recht hast. Wenn Brandal kein Verräter ist, so ist es ein andrer. Die Sache muss untersucht werden, und ich habe auch schon die ersten Schritte getan.«

»Aber um Himmels willen, unternimm nichts auf einen so unbestimmten Verdacht hin.«

»Ich werde niemand ohne zwingende Beweise anklagen, dessen kannst du sicher sein.«

»Aber wie sollen die Beweise beigebracht werden?«

»Wir können nur den Versuch machen. Erinnerst du dich des Mannes, den uns der Schatzkanzler so dringend empfohlen hat, als wir mit ihm von der Sache sprachen?«

»Des Geheimpolizisten, wie hieß er doch – Beck?«

»Ja, Paul Beck. Auch von andrer Seite habe ich schon viel über ihn gehört; er soll fabelhaft findig und klug sein. Ich habe nach ihm geschickt und erwarte ihn um zwei Uhr, also in einer knappen halben Stunde. Ich habe Befehl gegeben, dass niemand mich bis dahin stören sollte.«

»Soll ich gehen? Bin ich dir dabei im Wege?«

»Im Gegenteil, ich bin sehr froh, dass du hier bist; du tust mir den größten Gefallen, wenn du der Verhandlung beiwohnen willst.«

»Nun gut, die Untersuchung kann ja dem Unschuldigen nicht schaden. Aber, ich bitte dich, lass Brandal nicht das Geringste davon merken, dass du ihn im Verdacht hast. Er ist schrecklich empfindlich, trotzdem er so harte Kämpfe im Leben durchgemacht hat. Es wäre grausam, ihn etwas merken zu lassen, wenn er unschuldig ist.«

»Und sehr unzweckmäßig, wenn er schuldig wäre. Du kannst dich auf meine Vorsicht verlassen, Charles.«

Die Unterhaltung ging nun auf andre Gegenstände über; aber trotzdem lauter wichtige Dinge verhandelt wurden, war keiner der Herren recht bei der Sache. Sie atmeten erleichtert auf, als geklopft wurde und Beck, der so unschuldig aussah wie ein Lamm, ins Zimmer trat. Der Premierminister bot ihm einen Stuhl an und sagte: »Sie erraten wohl, weshalb ich nach Ihnen geschickt habe, Herr Beck?«

»Ja, ich glaube", antwortete der Geheimpolizist so gelassen wie immer. »Es handelt sich gewiss um das Ärgernis im Kabinett. Die ganze Stadt spricht ja davon.«

Der Premierminister zuckte zusammen, als habe er einen Schlag bekommen. Es dauerte ein paar Minuten, bis er sich gefasst hatte; dann wandte er sich mit ruhiger Stimme in der würdigen Haltung, die ihm so gut stand, an den Geheimpolizisten: »Ich höre, dass man Sie schon öfter bei schwierigen und heiklen Angelegenheiten, die für das öffentliche Wohl von großer Wichtigkeit waren, zu Rat gezogen hat und dass man sich auf Ihre Verschwiegenheit ebenso verlassen kann, wie auf Ihren Scharfsinn", – Beck dankte für das Kompliment durch ein bescheidenes Lächeln – »aber ich versichere Ihnen, keine Sache, in der Sie tätig waren, ist so delikat und von so hoher Bedeutung gewesen, als die hier vorliegende. Die Ehre des Kabinetts, das Schicksal einer Regierung, die Lebensinteressen eines Königreichs stehen auf dem Spiel.«

»Ich will mein möglichstes tun", sagte der Geheimpolizist ruhig. Diese Versicherung pflegte er jedem seiner Auftraggeber zu geben.

»Muss ich noch einmal wiederholen, dass die erste Bedingung das tiefste Schweigen ist?« fragte der Premierminister.

»Nein", antwortete Beck ganz kurz. »Wenn ich Ihnen dienen soll, müssen Sie mir natürlich vertrauen.« Nun setzte ihm der Minister in klaren Worten die bekannten Tatsachen des Falls auseinander. Man wusste wenig; nur eins stand fest: Ein Mitglied des Kabinetts musste der Schuldige sein. Beck ließ sich keinen Blick und keinen Ton entgehen. Als der Minister geendet hatte, fragte er: »Haben Sie eine bestimmte Person im Verdacht?«

»Ja, aber ich möchte den Namen lieber nicht nennen. Nicht etwa, weil ich Ihre Verschwiegenheit in Zweifel zöge", fügte er schnell hinzu, »sondern weil ich es mir nie verzeihen könnte, im Fall ich mich geirrt haben sollte.«

»Ich brauche den Namen jetzt noch nicht zu wissen", sagte Beck. »Vielleicht müssen mir später so oder so auf den Verdacht zurückkommen. Zunächst handelt es sich jedenfalls darum, dem Redakteur der Times einen Besuch zu machen.«

»Meinen Sie, dass er uns helfen wird?«

»Nur wenn er es nicht vermeiden kann. Er weiß nichts von den auswärtigen Verwicklungen und hält natürlich Enthüllungen über innere Angelegenheiten für gutes Zeitungsmaterial. Wenn man ein Geheimnis entdecken will, sollte man immer dahin gehen, wo es zu Hause ist. Zufällig kenne ich den Redakteur der Times; und da ich ihm früher einmal gefällig gewesen bin, wird er mich jedenfalls höflich behandeln.«

»Wollen Sie so freundlich sein, uns morgen Nachmittag um zwei Uhr über etwaige Fortschritte in der Sache hier Bericht zu erstatten?«

»Ich kann noch keinen Fortschritt versprechen", antwortete Beck, »aber jedenfalls werde ich kommen.«

Herr Mac Dougal, der Herausgeber der Times, stand mit dem Rücken gegen das Kaminfeuer in seinem Privatbüro. Er warf Beck, der ihm soeben mit seiner gewöhnlichen Offenheit einen Vortrag über die bekannte schwierige Angelegenheit gehalten hatte, einen belustigten Blick zu. »Sie möchten also Namen und Adresse unsres versteckten Korrespondenten wissen?« sagte er endlich mit Nachdruck. »Die kann ich Ihnen nicht sagen. Und selbst wenn ich es könnte, würde ich es vielleicht doch nicht tun. Aber diesmal *kann* ich es gar nicht, aus dem allerbesten Grunde – ich weiß sie nämlich selber nicht.«

»Aber Sie haben seine Briefe", sagte Beck. »Zeigen Sie mir einen davon; ich will nur einen Blick hineintun.«

»Recht gern", erwiderte Mac Dougal lachend. Er ging zum Fenster hinüber an seinen Schreibtisch, schloss eine Schublade auf, nahm einen Brief heraus und überreichte ihn dem Geheimpolizisten. »Dies ist sein erster Brief", sagte er, »nun holen Sie sich das Gewünschte heraus.«

Ohne eine Miene zu verziehen, öffnete Beck den Brief. Er war auf dem gewöhnlichen Papier mit der Maschine geschrieben und trug weder Unterschrift noch Adresse; kein einziges Unterscheidungsmerkmal zeigte er, mit Ausnahme eines kleinen Kreuzes in roter Tinte, das sich am oberen Rande befand. Der Brief, der weder Einleitung noch Schluss hatte, lautete:

»An den Redakteur der Times.

Wenn Sie eine Mitteilung erhalten, die das kleine rote Kreuz an der Spitze trägt, können Sie immer darauf rechnen, dass sie der Wahrheit entspricht. Veröffentlichen Sie sie unverzüglich.«

»Eine höchst interessante Nachricht war diesem Brief beigefügt", sagte der Redakteur. »Wir haben sie damals nicht in unser Blatt aufgenommen, was wir indes schwer zu bereuen hatten, denn in der Folge stellte es sich heraus, dass sie in jeder Einzelheit genau richtig war. Seitdem haben wir dem roten Kreuz Glauben geschenkt und ihm ein halbes Dutzend Enthüllungen zu verdanken, die zum Teil geradezu verblüffend und jedenfalls vollkommen richtig waren. Jetzt ist der versteckte Korrespondent einer unsrer regelmäßigen Mitarbeiter.«

»Bekommt er Honorar?«

»O ja, und zwar ein recht hohes. Aber erlassen Sie mir das Weitere. Ich weiß, dass das Geld in andre Hände übergeht, aber nicht in welche.«

Beck drehte den Brief nach allen Seiten, als ob er immer noch hoffte, den Namen irgendwo zu finden. Endlich sagte er: »Kann ich das Kuvert einmal sehen?«

»Gewiss, aber es wird Ihnen nichts helfen; auch die Adresse ist mit der Maschine geschrieben. Der Brief wurde heimlich in unsern Privatbriefkasten geworfen. Sie sehen, es ist keine Marke darauf.«

»Das sehe ich", erwiderte Beck, »dann brauche ich also Ihre kostbare Zeit nicht länger in Anspruch zu nehmen.«

»Verzeihen Sie, dass ich so kurz angebunden bin", sagte der Redakteur, »aber Sie sehen ein, dass uns die Sache sowohl in geschäftlicher als in politischer Beziehung von großem Nutzen ist. Wir allein kommen in den Besitz wichtiger Nachrichten, die der Regierung schaden. Ich kann doch unmöglich den Mann verraten.«

»O bitte sehr, das hat nichts zu sagen", erwiderte der Geheimpolizist, »übrigens haben Sie mich doch vielleicht auf den rechten Weg gebracht.«

Damit ging er und ließ den Redakteur, der sich seine Worte nicht erklären konnte, in höchst unbehaglicher Stimmung zurück.

»Es scheint, Sie haben wenig erreicht", sagte Lord Weldon am nächsten Tage, als ihm diese Unterredung ohne Vorbehalt mitgeteilt wurde.

»Das weiß ich denn doch nicht", erwiderte Beck.

»Könnten wir vielleicht auf der Post die Briefe an die Times abfangen?« schlug der Premierminister vor. »Solche Maßregeln sind mir zwar verhasst, aber in verzweifelten Fällen muss man zu verzweifelten Mitteln greifen.«

»Ich habe gehört, dass die Briefe heimlich in den Briefkasten der Times geworfen werden", sagte Lord Weldon.

»Da hat der Herr Minister ganz recht gehört", erwiderte der Geheimpolizist, »die Post kann uns nicht helfen.«

»Was wollen Sie denn sonst tun?« fragte der Premierminister etwas ungeduldig.

»Zunächst müssen mir den Verdacht Eurer Exzellenz prüfen", war die ruhige Antwort.

»Und können Sie das mit sicherem Erfolg?«

»Ich glaube ja.«

»Ohne den Namen zu wissen?«

»Ohne den Namen zu wissen, wenn Sie und Lord Weldon mir helfen wollen.«

»Lassen Sie uns Ihren Plan hören", sagte Lord Weldon.

»Zuerst muss ich wissen, ob der Verdächtige bei allen Sitzungen des Kabinetts, deren Ergebnis verraten wurde, zugegen gewesen ist.«

»Nicht bei allen", antwortete der Premierminister. »Nur zweimal, wenn ich nicht irre, dreimal war er abwesend.«

»Sollte nicht das allein schon seine Unschuld beweisen?«

»Leider nein. Er hat das Recht, zu erfahren, was in seiner Abwesenheit verhandelt worden ist, und irgendein andres Mitglied des Kabinetts würde natürlich bereit sein, ihm darüber Bericht zu erstatten. Einmal habe ich es selbst getan, soviel ich mich erinnere.«

»Gerade darauf beruht mein Plan. Wahrscheinlich kann doch Eure Exzellenz veranlassen, dass er verhindert ist, der nächsten Sitzung beizuwohnen. Lassen Sie ihm dann einen ausführlichen Bericht über die Verhandlungen zukommen, bei dem alles ins Gegenteil verkehrt ist. Wenn dann dieser Bericht in der Times erscheint, kann kein Zweifel mehr sein, wer ihn eingesendet hat.«

»Der Plan gefällt mir nicht, er kommt mir zu falsch und hinterlistig vor.«

»Mir dagegen scheint er ganz richtig, ja sogar vortrefflich", fuhr Lord Weldon dazwischen. »Wenn der Betreffende unschuldig ist, wie ich glaube, erwächst ihm keinerlei Unannehmlichkeit daraus, im Gegenteil. Ist er aber schuldig, so kann man einen Kunstgriff, der ihn überführt, nicht hinterlistig nennen. In meinen Augen spricht noch für den Plan, dass er Gelegenheit bietet, die Times einmal gründlich zum Narren zu halten.«

»Aber wer soll Brandal den falschen Bericht liefern? – Nun ist mir doch der Name entschlüpft!« rief der Premierminister gereizt. »Ich meinerseits will nichts dabei zu tun haben; es wäre mir ganz unmöglich.«

»Nun gut, wenn du es wünschest, Arthur, will ich es tun", sagte Lord Weldon. »Ich teile deinen Verdacht nicht und finde, dass man Brandal Gelegenheit geben muss, die Reinheit seines Charakters zu beweisen. Wenn ein wahrheitsgetreuer Bericht erscheint, ist seine Ehre gerettet. Du weißt, dass übermorgen im Kabinett beraten wird, ob wir den Zwangskauf in unser neues Landgesetz aufnehmen wollen. Die Frage erregt allseitig das gespannteste Interesse; es wäre gerade etwas für einen Spion. Wenn du Brandal verhindern kannst, der Sitzung beizuwohnen, will ich das Übrige besorgen.«

»Ich kann ihm ganz gut einen dringenden Auftrag geben, der ihn anderswo festhält", sagte der Premierminister.

Beck rieb sich die Hände vor Vergnügen, dass sein Plan ausgeführt werden sollte. »Wir gehen gewiss nicht fehl", sagte er, »und vielleicht dringen wir damit bis auf den Grund des Geheimnisses. Heute ist Dienstag. Soviel ich sehe, kann ich jetzt nichts weiter tun und muss warten, bis am Donnerstag die Times ausgegeben wird.«

Aber darin irrte sich der Detektiv. Am Mittwoch in aller Frühe befand er sich schon in Lord Weldons Privatwohnung, die ganz nahe bei der des Premierministers lag, und klopfte ungeduldig an die Tür.

»Lord Weldon ist noch nicht aufgestanden", sagte der Kammerdiener.

»Es tut nichts", erwiderte Beck. »Ich bitte Sie nur, ihm dieses Briefchen zu übergeben. Es handelt sich um eine dringende Angelegenheit.«

Damit händigte er dem Diener einen Brief ein, den er selbst geschrieben und adressiert hatte. Dieser wurde Lord Weldon, während er im Bett seinen Kaffee trank, auf einem Präsentierteller hereingebracht. Er lautete:

»Mylord!

Es ist von größter Wichtigkeit, dass ich noch heute, und zwar so bald als möglich, eine Unterredung mit Seiner Exzellenz dem Premierminister habe. Ich wage nicht, ihn zu stören, und habe mir deshalb erlaubt, hierher zu kommen. Wollen Sie so gütig sein, mir eine Zeile zu schreiben, ob Sie ihn sehen werden und die Unterredung vermitteln können?«

Lord Weldon ließ sich eine Schreibunterlage geben und schrieb im Bett:

»Geehrter Herr Beck! Ich werde unverzüglich den Premierminister aufsuchen. Wenn Sie so gut sein wollen, um zwölf Uhr wieder zu kommen, kann ich Ihnen Antwort sagen.«

Als Beck diesen Zettel empfing, glitt ein befriedigtes Lächeln über seine Züge und er empfahl sich.

Um zwölf Uhr wurde ihm gesagt, er möchte den Premierminister und Lord Weldon um zwei Uhr im Ministerium treffen. Als der Geheimpolizist sein Anliegen vorbrachte, schien dieses den Herren im Verhältnis zu den Umständen, die er ihnen gemacht hatte, recht unerheblich zu sein. Er wollte nur darum bitten, dass der Briefkasten der Times von einem Polizisten in Zivil beobachtet würde. »Nun ja, es kann wohl geschehen", sagte der Premierminister etwas ärgerlich, »aber ich sehe nicht ein, was uns das helfen soll. Wir können doch nicht jeden Menschen, der einen Brief in den Kasten wirft, arretieren lassen.«

»Außerdem wird Brandal schwerlich den Brief selbst hineinwerfen", stimmte Lord Weldon bei, »da gäbe er sich ja selber an.«

Der Geheimpolizist sah sehr niedergeschlagen aus, sodass der Minister ihn trösten musste. »Sie haben ganz recht, Herr Beck; jedenfalls kann es nichts schaden. Aber jetzt müssen Sie mich entschuldigen; ich habe heute viel zu tun.«

»Das ist auch ein Wink für mich", sagte Lord Weldon lachend.

»Wollen Sie mitfahren, Herr Beck? Mein Wagen steht vor der Tür.« An der Ecke von Trafalgar Square fiel dem Detektiv eine wichtige Verabredung ein. Lord Weldon ließ halten und nickte beim Weiterfahren noch freundlich zum offenen Fenster hinaus. Paul Beck wartete, bis der Wagen im Gewühl der Straßen verschwunden war; dann winkte er eine Droschke heran und fuhr schleunigst nach dem Ministerium zurück. »Diesmal wirklich von Wichtigkeit", schrieb er auf die Karte, die er hinaufschickte.

Der Premierminister empfing ihn etwas kühl, aber nach den ersten Worten des Geheimpolizisten geriet er in die größte Aufregung. »Es ist mir sehr schwer geworden, Ihren ersten Vorschlag zu billigen", sagte er, »aber dies geht ja noch viel weiter.«

»Wir haben schwerwiegende Beweise an der Hand.«

»Das mag sein, aber ich persönlich weigere mich, bei dieser schändlichen Geschichte eine Rolle zu spielen.«

»Dann", sagte Beck mit dem ruhigen, aber festen Nachdruck, der seiner unbedeutenden Erscheinung so viel Würde verlieh, »dann muss Euer Exzellenz mich entschuldigen, wenn ich jede Tätigkeit in dieser Sache einstelle. Ich will nicht wissentlich dazu beitragen, dass ein Unschuldiger der Strafe anheimfällt, während der Schuldige triumphiert. Lassen Sie mich den weisen Ausspruch Lord Weldons zitieren: ›Es handelt sich um eine Untersuchung, nicht um eine Schuldigerklärung. Der Angeklagte, wenn auch noch so viele Verdachtsgründe gegen ihn vorliegen, darf nicht ohne Untersuchung verurteilt werden.‹«

Der Premierminister zögerte noch einen Augenblick, dann sagte er mit Widerstreben: »Tun Sie, was Sie wollen. Ich sehe ein, dass die Gerechtigkeit es verlangt; aber die Aufgabe, die Sie mir gestellt haben, ist meinem Gefühl außerordentlich zuwider.«

Am nächsten Tage wurde die Beratung im Kabinett gehalten und der Minister des Innern, James Brandal, war durch dringende Staatsgeschäfte abgehalten, der Sitzung beizuwohnen. Nach einer sehr lebhaften Erörterung wurde beschlossen, das Prinzip des Zwangskaufs in das neue Landgesetz aufzunehmen. Die Regierung sollte mit der Annahme oder Ablehnung dieser Vorlage stehen oder fallen. Noch vor der Mittagspause traf Brandal im Unterhaus ein, um sich an einer wichtigen Abstimmung zu beteiligen, und bald wurde es ihm unangenehm fühlbar, dass alle seine Kollegen im Kabinett sich auffallend kühl und zurückhaltend gegen ihn benahmen, alle mit einer Ausnahme.

Lord Weldon war die Freundlichkeit selbst, bestand darauf, dass Brandal mit ihm zu Mittag speise, und berichtete ihm nach Tisch in der verabredeten Weise und sehr ausführlich über die Verhandlungen im Kabinett. »Ich muss gestehen, dass ich im höchsten Grad enttäuscht und überrascht bin", sagte Brandal. »Dass Sie selbst gegen das Gesetz waren, wusste ich ja, aber ich dachte, das Prinzip des Zwangskaufs hätte eine große Mehrheit für sich. Meiner Überzeugung nach ist es das einzige Mittel, den Niedergang der Landwirtschaft aufzuhalten und die Übervölkerung der Städte zu verhindern. Wenn ich nur da gewesen wäre!«

»Sie hätten auch kein andres Ergebnis herbeiführen können, lieber Brandal", sagte Lord Weldon, um ihn zu beruhigen. »Es ist mit großer Mehrheit ... was, wollen Sie schon gehen?«

»Ja, ich fühle mich etwas angegriffen, bin schlechter Laune; es ist am besten, ich gehe gleich nach Hause. Heute wird doch nicht mehr abgestimmt.« Aber er ging nicht gleich nach Hause. Als Brandal an der Tür des Bibliothekzimmers vorbeiging, kam ihm ein Diener entgegen, der ihm ein Billett des Premierministers überreichte, worin dieser ihn aufforderte, einen Augenblick in sein Privatzimmer zu kommen. Die Unterredung war kurz und Brandal verließ das Haus heiterer, als er es betreten hatte, aber in der größten Verwirrung.

»Ein höchst wunderbarer Irrtum", murmelte er und steckte sich mit einem der Fidibusse, die im Ankleidezimmer für die Herren Gesetzgeber bereitstehen, eine Zigarre an. Dann ging er schnellen Schritts nach Hause, um seiner Aufregung Herr zu werden; doch machte er merkwürdigerweise einen Umweg, der ihn an der Expedition der Times vorbeiführte. Am nächsten Morgen herrschte fieberhafte Unruhe in allen politischen Kreisen, die durch einen Artikel, der an hervorragender Stelle in der Times stand, hervorgerufen wurde, der lautete: »Wir freuen uns, aus der zuverlässigsten Quelle mitteilen zu können, dass im gestrigen Kabinettsrat nach lebhafter Beratung mit großer Mehrheit beschlossen wurde, dass das Prinzip des Zwangskaufs nicht in die landwirtschaftlichen Gesetze aufgenommen werden soll, die die Regierung verpflichtet ist, noch in dieser Tagung einzuführen. Der Minister des Innern, der bekanntlich dieses revolutionäre Prinzip befürwortet, wohnte der Sitzung nicht bei.«

Dann folgte ein langer Artikel, der die falsch wiedergegebene Entscheidung mit warmen Worten begrüßte und die radikalen Umstürzler anklagte, »die die herrlichen Fluren Englands verwüsten wollen und den uralten Adel ausrotten, dessen Reichtum und Privilegien doch die beste Bürgschaft für die Unantastbarkeit der Verfassung und die Integrität des Reiches bieten«. Unter den Mitgliedern des Kabinetts, besonders bei denen, die der freieren Richtung angehörten, rief dieser Artikel eine sehr vergnügte Stimmung hervor. Offenbar hatte jemand der Times einen Schabernack gespielt.

Nur Lord Weldon trug eine traurige Miene zur Schau; der Premierminister sah streng und ernst aus, und James Brandal war ganz verstört. Der Premierminister hatte ihn, sobald er den Saal betrat, gebeten, nach der Sitzung zu ihm in sein Zimmer zu kommen.

»Hast du die Times gesehen?« flüsterte Lord Weldon dem Premierminister zu, als sie während der Fragestellung auf der vordersten Bank nebeneinandersaßen. Aufrichtige Betrübnis lag in seiner Stimme. »Ich hätte es nie von ihm gedacht!«

»Ich auch nicht", erwiderte sein Vorgesetzter. »Ich habe Brandal nach der Sitzung in mein Zimmer bestellt, und wünsche, dass du bei der Unterredung zugegen bist.«

»Könnte ich nicht wegbleiben? Die Sache wird mir äußerst peinlich sein.«

»Ohne Zweifel; aber deine Gegenwart ist notwendig. Eine Pflicht muss erfüllt werden, auch wenn sie peinlich ist.«

Als Lord Weldon das Zimmer des Premierministers betrat, war er etwas erstaunt, dass der Geheimpolizist Paul Beck zugegen war und bescheiden im Hintergrunde stand. Der Premierminister befand sich offenbar in großer Gemütsbewegung. »Meine Herren", begann er, »ich habe Sie hierher entboten, weil das, was ich mitzuteilen habe, für Sie, Herr Brandal, und für Sie, Lord Weldon, von höchstem Interesse ist. Seit einiger Zeit hat, wie Sie wissen, ein elender Verräter die Ehre des Kabinetts gefährdet. Er hat die Geheimnisse des Staats verkauft!«

»Gehe nicht zu hart mit ihm um, Arthur", flüsterte Lord Weldon seinem Freund zu; aber mit wachsender Empörung fuhr der Premierminister fort: »Diese Verräterei soll jetzt ein Ende haben. Durch die Geschicklichkeit und den Eifer dieses Herrn, dem ich meine tiefste Dankbarkeit auszusprechen wünsche, ist es gelungen, jenen verächtlichen Spion zu entlarven. Du, Charles Launcelot, Graf Weldon, bist der Mann!«

Lord Weldon wollte sprechen, aber gebieterisch wie ein Löwe wandte der Premierminister sich zu ihm und ein vernichtender Blick aus seinen tief liegenden Augen machte den Heuchler verstummen. »Leugne nicht!« rief er. »Wir haben schlagende Beweise für dein Verbrechen. Bitte treten Sie näher, Herr Beck, und teilen Sie ihm mit, was Sie wissen.«

»Sehen Sie, Lord Weldon", sagte der Geheimpolizist mit sanfter Stimme, »zuerst fiel mir auf, dass Sie wussten, wie der Brief in den Briefkasten der Times gekommen ist. Sie ließen unversehens ein Wörtchen darüber fallen. Dann schrieb der versteckte Korrespondent unverzüglich mit – ch– ganz wie es in der Maschinenschrift stand, die mir in der Expedition gezeigt wurde. Ich habe Sie veranlasst, Mylord, mir ein Briefchen zu schreiben, in dem dasselbe Wort mit demselben Schreibfehler zu finden war. Nun schien mir die Sache ziemlich sicher; denn schwerlich hätten zwei Mitglieder des Kabinetts denselben Fehler gemacht. Aber, um ganz sicher zu sein, bat ich den Herrn Premierminister – –«

»Ja, ich habe das Übrige getan, Lord Weldon", unterbrach ihn der Premierminister. »Nachdem du James Brandal den falschen Bericht über die Verhandlung im Kabinett gegeben hattest, gab ich ihm den richtigen. Du hast den falschen Bericht veröffentlicht, um zu beweisen, dass er der Verräter ist, und hast damit deinen eigenen Verrat bewiesen.«

Lord Weldon konnte kein Wort erwidern; der Schlag hatte ihn zu plötzlich getroffen. Mit zitternden Händen lehnte er an einem Stuhl und sein Gesicht war bleich, wie das eines Toten. Aber in strengem Ton fuhr der Minister erbarmungslos fort: »O du falscher Freund und heuchlerischer Kollege, wie bedaure ich es, dass mir das öffentliche Wohl verbietet, dein Verbrechen ans Licht zu ziehen und dich der Strafe zu überliefern. Aber ich stelle dir zwei Bedingungen: Erstens musst du sofort deine Entlassung einreichen, sowohl im Kabinett als im Unterhaus, und dann sollst du mit deiner eigenen Namensunterschrift ein ausführliches Geständnis deines Verbrechens aufsetzen.«

»Zu welchem Zweck denn?« keuchte Lord Weldon. Es waren seine ersten Worte, seit die Enthüllung ihn niedergeschmettert hatte.

»Zur Genugtuung für den Mann, den du unglücklich machen wolltest. Er soll die Schrift als Erinnerung an eine überstandene Gefahr und zur Sicherstellung für die Zukunft aufbewahren.« Damit wies er nach der Tür, und Lord Weldon schlich hinaus wie ein geprügelter Hund.

»Herr Brandal", fuhr nun der Premierminister fort, und in seinen schönen, ehrwürdigen Zügen drückte sich eine rührende Bescheidenheit aus, »ich muss Sie um Verzeihung bitten, dass ich auch nur in Gedanken Ihrer Ehre zu nahe getreten bin.«

Als dann später der Minister des Innern und der Geheimpolizist zusammen fortgingen, sagte Brandal leise zu Beck: »Bitte, speisen Sie heute Mittag bei uns – wir sind ganz unter uns. Ich möchte meiner Frau Gelegenheit geben, dem Manne zu danken, der ihren Gatten gerettet hat.«

ZWEI KÖNIGE

»Noch ein Spiel", sagte Arthur Darley. »Lassen Sie es für diese Nacht oder vielmehr für heute Morgen gut sein", erwiderte Lord Claverly freundlich; »das Glück muss auch Zeit haben, sich zu wenden. Nun, wenn Sie darauf bestehen, kann ich es Ihnen nicht abschlagen", und er teilte die Karten zum Ecarté aus. »Um denselben Einsatz?« fragte er, noch ehe er Trumpf aufdeckte.

»Sagen wir fünfhundert zum Kehraus.«

Der Lord nickte, legte Cœur auf, nahm dann seine Karten zur Hand und sagte den König an.

»Es ist wunderbar", äußerte ein Herr gegen Sydney Harcourt, der neben ihm am Tisch stand und dem Spiel aufmerksam zusah. Und wunderbar war es auch. Die ganze Nacht hindurch und bis in die frühen Morgenstunden war das Glück Lord Claverly ununterbrochen treu geblieben. Zuerst setzte er sich zu einem Robber Whist und stand mit einem bedeutenden Gewinn in der Tasche auf. Dann spielte man eine Zeit lang Poker. Als aber Lord Claverlys Glück sich so weit verstieg, dass er eine Sequenz in den höchsten Trumpfkarten angeben konnte, wollten die andern nicht mehr mittun. Um dem jungen Arthur Darley für eine ganze Reihe verlorener Schlachten am Kartentisch Revanche zu geben, fing dann der Lord noch nach Mitternacht an, sich im Ecarté mit ihm zu messen. Und noch immer hatte Claverly dasselbe wunderbare Glück. Jedes Mal hielt er die Trumpfkarten in der Hand und die Schuldscheine des jungen Darley, die dieser auf die Rückseite eines Kuverts oder das erste beste Stück Papier kritzelte, bildeten schon einen Haufen an seinem Ellbogen.

Der junge Mensch – er war kaum dem Knabenalter entwachsen – verzog keine Miene und trug seine Verluste, wie es einem Mann von Stande ziemt. Das letzte Spiel nahm den gleichen Verlauf wie die übrigen. Darleys Wange war leicht gerötet und in seinen blauen Augen glühte eine fieberhafte Aufregung, doch lächelte er gutmütig, hob ein Zeitungsblatt vom Boden auf, riss ein Stück vom Rand ab, schrieb einen Schuldschein für fünfhundert Pfund, setzte seinen Namenszug darunter und schob Claverly das Papier über den Tisch zu.

»Werden Sie mir morgen Revanche geben, Mylord?« fragte er in heiterem Ton.

»Wenn Sie wollen", erwiderte Claverly. »Aber ich fürchte, Darley, Sie haben schon jetzt gefunden, dass es ein etwas kostbarer Luxus ist, sich Revanche geben zu lassen.«

Darley hörte aus diesen Worten eine neue Aufforderung heraus. »Ich will noch einmal um tausend Pfund mit Ihnen spielen, Mylord", sagte er.

Da legte ihm Sydney Harcourt seine Hand beschwichtigend auf die Schulter und flüsterte: »Heute Nacht nicht mehr, Arthur; die Milchfrauen sind schon auf der Straße. Ihr beide bringt unsern Klub noch in Verruf; wir sollten alle längst im Bette sein.«

»Wohl wahr, Syd", versetzte Darley, leicht auflachend. Wer ihn genau beobachtete, hätte aber gesehen, dass seine Lippen bebten. »Also morgen, dann noch auf einen letzten Gang, Mylord!« Claverly nickte, raffte die Schuldscheine im Betrage von fünftausend Pfund Sterling zusammen, zündete sich eine Zigarette an und ging hinaus.

Die Männer, die noch in dem für das Kartenspiel reservierten Zimmer des Reviltonklubs anwesend waren, fühlten sich nach der Aufregung von plötzlicher Müdigkeit befallen. Die späte (oder frühe) Stunde kam ihnen zum Bewusstsein; sie gähnten, reckten sich und starrten mit bleichen, übernächtigten Gesichtern durch den dichten Tabaksqualm. Auch bei dem jungen Darley war nach der starken Nervenerregung ein Rückschlag eingetreten. Er trat ans Büfett, goss sich ein großes Glas Champagner ein und leerte es auf einen Zug. In dem von elektrischen Lampen grell erleuchteten Zimmer tauchten am Fenster aus der grauen Dämmerung schwach glänzende Pünktchen auf. Harcourt drehte das Licht ab und öffnete Fenster und Läden, dass die reine Morgenluft und der erste kalte Tagesschimmer hereinströmten.

Trotz seiner fieberhaften Lustigkeit sah Arthur Darley erschöpft und angegriffen aus; rote Flecken brannten auf seinen Wangen und seine Augen hatten einen unnatürlichen Glanz. Sydney Harcourt beobachtete das alles mit teilnehmender Besorgnis, denn er liebte Darley wie einen jüngeren Bruder. Auf der Marmortreppe und in der Garderobe blieb er ihm zur Seite, und als sie zusammen vor der Klubtür standen und ihre Zigarren anzündeten, fasste Harcourt ihn unter dem Arm. »Wir haben denselben Weg durch den Park", sagte er. »Lass uns zu Fuß gehen, Arthur; ich möchte gern ein ruhiges Wort mit dir reden.«

Nach etwa hundert Schritten erreichten sie den Sankt Jamespark und gingen eine Weile schweigend nebeneinander her, Harcourt fand es doch schwerer, als er geglaubt hatte, das »Wort« zu sagen. Mitten in der geschäftigsten Stadt der Welt lagerte in stiller Morgenfrühe tiefes Schweigen über dem waldigen Revier. Die Luft war scharf und rein; das lebhafte Grün von Gras und Laub und der Silberglanz des Sees taten den überwachten Augen der Freunde wohl. Außer dem schläfrigen Zirpen der erst halb ermunterten Vögel vernahm man keinen Laut. In der Ferne zeigte sich ein Gewirr von Dächern und Kirchtürmen, die hoch in den stahlgrauen Himmel emporragten.

Die Zwillingstürme von Westminster in ihrer massigen Größe traten mit scharfen, klaren Umrissen in eigenartiger Schönheit hervor. Plötzlich erhob sich die rote Sonnenscheibe zur Hälfte über dem Horizont und goss eine Flut goldigen Lichts über die feenhafte Landschaft aus. Die jungen Leute standen unwillkürlich still und genossen den herrlichen Anblick, dessen Schönheit sie überwältigte, in ihrer Freude über die Pracht des Naturschauspiels einen Augenblick alle quälenden Sorgen vergessend. Aber nur einen Augenblick. »Arthur", sagte Harcourt und legte seine Hand mit brüderlicher Zärtlichkeit auf Darleys Schulter, »ich ängstige mich um dich.«

»Tu das nicht, Syd; ich bin es nicht wert. Du weißt ja auch: Unkraut verdirbt nicht.«

Er sagte es mit knabenhafter Keckheit; aber der gütige Ausdruck im Gesicht des Freundes und der Ton seiner Stimme besiegten den trotzigen Mut, mit dem Darley bisher allem Missgeschick widerstanden hatte. Außerstande, Harcourts besorgtem Blick zu begegnen, drehte er das Gesicht zur Seite.

»Mir ist schon erbärmlich genug zu Mut", sagte er, »es fehlt nur noch, dass ich meinen Freund unglücklich mache. Ich habe mir diese Drangsal selbst zugezogen und muss sie tragen, so gut ich kann. Wenn nicht andre darunter zu leiden hätten, würde es mir auch nicht allzu schwer fallen.«

»Gib es auf, Arthur, lieber Junge, ich bitte dich", sagte Harcourt mit großem Ernst. »Gott weiß, ich bin ein schlechter Prediger; bin ich doch zu meiner Zeit dieselben Wege gewandelt, die zur Hölle führen. Glücklich habe ich mich erst gefühlt, als ich der Sache ein für alle Mal ein Ende machte. Du kannst mir's auf mein Wort glauben, Arthur, das Vergnügen ist zu teuer bezahlt. Gib es auf!«

»Das geht nicht – jetzt noch nicht.«

»Ach was, du wirfst nur dein gutes Geld dem schlechten nach und deine Gesundheit nebst jedem rechtschaffenen Lebensgenuss hinterdrein.«

»Ich sage dir, Syd", rief Darley verzweifelt, »wenn ich jetzt aufhöre, bin ich verloren.«

»Das ist die reinste Torheit, mein Junge, wie du ganz wohl selber weißt. Du hast eben erst ein schuldenfreies Gut geerbt, das eine Jahresrente von dreitausend Pfund abwirft, und fünfzigtausend Pfund unter Brüdern wert ist. Eine Anleihe von ein paar Tausend ist schnell gemacht.«

Mit Darleys Selbstbeherrschung war es aus, er wandte dem Freunde sein bleiches, verstörtes Gesicht zu. »O Syd!« murmelte er, und es klang wie ein unterdrücktes Schluchzen, »ich habe das alles in der Zeit von vierzehn Tagen verloren. Lord Claverly hat Schuldscheine von mir in Händen, die fünfundvierzigtausend Pfund betragen. Das Gut muss verkauft werden, und was das Schlimmste ist, meine Mutter und meine Schwester werden aus unserm alten Hause vertrieben und meine Torheit und Selbstsucht sind schuld an allem. Es bringt mich fast von Sinnen, wenn ich nur daran denke.«

Starr vor Entsetzen blieb Sydney Harcourt stehen und ließ einen lang gezogenen Pfiff hören. »Ich hatte keine Ahnung, dass es schon so weit gekommen ist", sagte er endlich. »Fünfundvierzigtausend in zwei Wochen, das ist ein starkes Stück.«

»Jeden Abend habe ich gehofft, das Glück würde sich wenden, und mir heilig gelobt, keine Karte mehr anzurühren, wenn nur erst alles wieder ausgeglichen wäre.«

»Das ist der gewöhnliche Schwur", sagte Harcourt mit Ingrimm. »Ich habe es gerade so gemacht.«

»Du musst doch einsehen, Syd", fuhr Darley eifrig fort, »dass ich jetzt nicht aufhören kann. Die fünftausend, die mir noch übrig bleiben, zu behalten, ist kaum der Mühe wert. Hätte ich nur eine Nacht lang Claverlys Glück, so könnte ich alles wieder ins Reine bringen, wenn der Einsatz hoch genug wäre. Warum sollte es mir nicht einmal glücken, wenn es ihm ein dutzendmal gelingt? Wirft man eine Münze so, dass sechsmal hintereinander der Kopf zuoberst liegt, so wird aller Wahrscheinlichkeit nach das nächste Mal die Schrift zum Vorschein kommen. Das Spiel morgen ist meine letzte Hoffnung, aber ich will den Kampf nicht aufgeben, solange mir noch die Möglichkeit bleibt, den Sieg zu behalten.«

»Morgen Abend kannst du sowieso nicht mit Lord Claverly spielen. Es ist etwas andres im Werk. Im Klub gehen wichtige Dinge vor.«

»So? Was denn für Dinge?«

»Eigentlich soll nur das Komitee darum wissen, aber dir darf ich's wohl anvertrauen. Du weißt, ich habe den Karten abgeschworen, seit ich verheiratet bin. Was meinst du wohl, weshalb ich heute hier war und das Spiel bis zum Schluss mit ansah?«

»Ich schmeichelte mir, es geschehe meinetwegen.«

»Zum Teil ja; aber hauptsächlich kam ich um deines Gegners willen.«

»Kennst du denn Lord Claverly? Das habe ich gar nicht gewusst.«

»Nur oberflächlich, und das wenige, das ich von ihm gesehen habe, missfällt mir. Ich war dort als Mitglied des Komitees, um Polizei zu spielen.«

»Das Komitee braucht sich doch nicht hineinzumischen.«

»Ja, siehst du, es sind allerlei hässliche Gerüchte über Lord Claverly im Schwange. – Nur ruhig Blut, mein Junge; von dir hat niemand gesagt, dass du über deinen Verlust winselst. Aber die andern, es sind ihrer eine ganze Menge, haben sich nicht mit so heiterer Miene rupfen lassen. Man sagt, der Lord habe ein halbes Dutzend Buchmacher bereichert und sich völlig zugrunde gerichtet, ehe er nach Amerika ging. Alle glaubten, er würde immer dort bleiben zum Wohl seines Vaterlandes. Da ist er vor sechs Wochen gesund und heil im Reviltonklub wieder aufgetaucht, um am Kartentisch alles wieder zu gewinnen, was er auf dem Rennplatz verloren hatte, und noch eine Kleinigkeit darüber, wenn man dem Gerede glauben darf.«

»Es geht bei seinem Spiel alles mit rechten Dingen zu. Das muss ich am besten wissen.«

»Ich bin auch der Ansicht, Arthur; aber es gibt Leute, die andrer Meinung sind. Du kennst ja wohl Dicksie Gunter?«

»Den gigerlhaften Protzen, den eingebildeten Narren!«

»Der einen großen Geldsack hat; das ist das Wichtigste an ihm, Arthur. Nun Claverly hat ihm die Last etwas erleichtert und Dicksie gab das Geld höchst ungern her. Er hat seinem Ärger überall Luft gemacht und seiner Zunge freien Lauf gelassen.«

»Kein Mensch hört doch auf ihn", sagte Darley verächtlich.

»O, selbst der unbedeutendste Schwätzer kann eine Geschichte unter die Leute bringen. Neulich habe ich in einer Gesellschaft eine hübsche junge Frau zu Tische geführt, Mamie Meredith heißt sie; eine richtige kleine Biene, der bei aller Süßigkeit der Stachel nicht fehlt. Den Reviltonklub kann sie nicht ausstehen, weil ihr Männchen zuweilen hingeht, alle vierzehn Tage einmal, glaube ich. ›Sie haben ja in Ihrem schönen Klub eine ganz neue, anziehende Größe, wie ich höre, Herr Harcourt,‹ summte sie.

»›Davon weiß ich nichts, gnädige Frau,‹ sagte ich mit dem Gefühl, dass ich dort fremd geworden sei.

»›Aber das ist ja unmöglich. Sie sind doch im Komitee und vermutlich sehr stolz auf Ihren reizenden Klub. Dort ist jetzt ein wunderbares reißendes Tier zu sehen, wie man mir sagt. Alle Welt redet davon.‹

»›Was für ein Tier denn?‹ fragte ich und ging wie ein Dummkopf in die Falle.

»›Ein Pardel mit Flecken,‹ erwiderte sie und sah mich aus ihren unschuldigen blauen Augen groß an.

»Irgendjemand muss das gehört haben; noch ehe die Gesellschaft zu Ende war, ging der Scherz im ganzen Saal von Mund zu Munde. Die Sache drohte ziemlich ernst zu werden, denn der kleine Gunter will gegen Claverly wegen seiner lumpigen tausend Pfund eine Klage anhängig machen. Das Komitee fühlt die Verpflichtung, sich der Sache anzunehmen. Ich meinerseits war dagegen. Dass Claverly unverschämtes Glück gehabt hat, lässt sich nicht leugnen, aber es liegt auch nicht das kleinste Anzeichen vor, dass er mogelt. Ich kenne selbst alle Kniffe und Pfiffe und habe ihn genau beobachtet. Zu dem Zweck blieb ich heute die ganze Zeit über da, doch konnte ich nicht die geringste Ungehörigkeit entdecken. Dem Komitee ist viel daran gelegen, dass Gunter sich ruhig verhält, und er hat versprochen, sich zufriedenzugeben, nachdem die Probe angestellt worden ist, die wir vorhaben.«

»Was soll denn geschehen?«

»Hast du mich je von einem Mann namens Beck reden hören?«

»Freilich; du schwärmst ja für ihn.«

»Nun, wir sind übereingekommen, dass ich Beck morgen, das heißt, heute Abend, als südafrikanischen Millionär unter dem Namen Cyril Rondel im Klub einführen soll. Dort werden mir ihn veranlassen eine Partie Ecarté oder dergleichen mit Lord Claverly zu spielen. Wenn Beck ihn auf keiner Betrügerei ertappt, so ist der Beweis erbracht, dass überhaupt kein Betrug vorliegt.«

»Ich gehe jede Wette ein, Syd, dass Lord Claverly ehrlich spielt; meine letzten fünftausend würde ich daran wagen.«

»Wenn ich dir raten soll, Arthur, so halte diese letzten fünftausend so fest du kannst, wenn nicht um deinetwillen, so doch aus Rücksicht auf deine Mutter und Schwester. Ich nehme die Sache furchtbar ernst, alter Junge, und würde mich mehr darüber freuen, wenn du jetzt Schicht machtest, als wenn ich dich alles wieder gewinnen sähe, was du verloren hast. Auf die Länge wäre es dir entschieden zuträglicher. Ich weiß, es kostet einen gewaltigen Kampf. Bist du Manns genug, ihn zu bestehen?«

»Ich will es versuchen", sagte Darley und streckte dem Freund seine Hand hin, als sie sich trennten. Harcourt fühlte, dass ihr fester Druck ein Versprechen war, dem er trauen durfte. Arthur hatte in Rugby als jüngerer Schüler unter seiner Obhut gestanden und sich, obwohl trotzig, ungebärdig und tollkühn, doch als vollkommen wahrheitsliebend erwiesen. So ging denn Sydney Harcourt munteren Schritts durch den Park nach Hause in dem Hochgefühl, dass er den Morgen jedenfalls mit einer guten Tat begonnen hatte, was auch der Abend bringen mochte. Er schlief bis spät am Nachmittag und lag noch zu Bett, als eine Droschke mit Gummirädern an seiner Tür in der Belgravestraße vorfuhr.

Ein starker, vierschrötiger Mann mittleren Alters stieg aus; er hatte lebhafte graue Augen und einen entschlossenen Ausdruck um Mund und Kinn. Die heiße Tropensonne hatte sein Gesicht braun gebrannt. Er war fein gekleidet; nur seine Uhrkette nebst Gehänge war allzu schwer und der Diamantring an seinem kleinen Finger blitzte sehr auffallend. Der Fremde gab seine Karte ab. Cyril B. Rondel stand darauf und »eiligst in wichtiger Angelegenheit« mit Bleistift daneben. Schon im nächsten Augenblick kam Frau Harcourt zu ihm ins Studierzimmer, wohin man ihn geführt hatte.

»Gedulden Sie sich nur wenige Minuten, Herr Rondel", sagte sie in reizender Verlegenheit. »Mein Mann wird gleich hier sein. Ich bin schuld an der Verzögerung. Da ich wusste, dass er Sie erwartete, hätte ich ihn wecken sollen.«

Rondel verneigte sich ernsthaft. »Es bedarf durchaus keiner Entschuldigung, gnädige Frau.« In seiner Stimme lag ein leiser Anflug von der Vertraulichkeit eines Bekannten.

»Ich erinnere mich doch nicht ...« begann sie.

»Dass Sie mich schon früher gesehen haben", fiel er ein. »Um so besser.«

Lilian Harcourt starrte ihn mit grenzenloser Verwunderung an.

»Sie haben scharfe Augen, gnädige Frau, wie ich mich noch genau entsinne. Wenn Sie mich nicht erkennen, werden es auch andre schwerlich tun.«

Während er sprach, veränderte sich der ganze Ausdruck seines Gesichts; der festgeschlossene Mund öffnete sich ein wenig und aus den graublauen Augen sprach vollkommene Seelenruhe.

»O, Herr Beck!« rief Lilian. »Wie habe ich nur so einfältig sein können, ich meine, wie konnten Sie sich nur so geschickt verstellen? Sie sahen sich nicht im geringsten gleich. Ich zerbreche mir manchmal wirklich den Kopf, welches wohl der eigentliche Herr Beck sein mag.«

»Hallo, Beck!« ließ sich jetzt Sydney Harcourts Stimme an der Tür vernehmen. »Ich bin eben erst aufgestanden nach einer saueren Nacht und die heutige wird mich wieder um den Schlaf bringen. Famos, das muss ich sagen!« rief er, als er jetzt Becks ansichtig wurde. »Nun und nimmermehr hätte ich Sie erkannt. Du bist ja ein wahrer Tausendsasa, Lilian, dass du den Kniff erraten hast.«

Mit einem raschen Blick beschwor sie Beck, ihr Geheimnis zu bewahren, und lächelte dabei überlegen auf ihren Herrn und Meister herab.

»Nun lauf aber weg, Herzchen!« bat dieser. »Wir haben wichtige Geschäfte miteinander zu besprechen.«

An der Tür wandte sich Lilian noch einmal um. »Ich lasse euch eine halbe Stunde Zeit, um alles abzumachen", sagte sie. »Punkt drei Uhr wird das Frühstück aufgetragen.«

Nach der Mahlzeit schlenderte Sydney Harcourt Arm in Arm mit seinem Freunde, dem südafrikanischen Millionär, nach dem Reviltonklub. Er trug Rondel als außerordentliches Mitglied in das Register ein und zeigte ihm das ganze Haus in aller Herrlichkeit. Es war ein förmlicher Palast, worin Luxus und Reichtum ihre Wohnung aufgeschlagen hatten. Eine breite Treppe von poliertem farbigem Marmor führte in schönen Windungen von der Vorhalle bis unter das Kuppeldach. Im Speisesaal waren die Paneele mit köstlichen Gemälden bedeckt, meistens Landschaften von der Hand der modernsten Künstler. Dann ging es in das Rauchzimmer und die Bibliothek. Herr Rondel bewunderte alles nach Gebühr und endlich kamen sie nach dem *Sanctum sanctorum* um des Reviltonklubs. Es war ein kleines Zimmer im Vergleich mit den andern, sehr behaglich, aber einfach ausgestattet, ohne jeden besondern Luxus. Nur die höchste Aristokratie des Klubs verkehrte in diesem dem Spiel geweihten Raum, über die Beträge, die hier in einer einzigen Nacht gewonnen und verloren wurden, liefen die fabelhaftesten Gerüchte in London um. Sydney Harcourt öffnete die massive Mahagonitür, schlug die schweren dunkelroten Samtgardinen zurück und ließ seinen Freund in die Kapelle des Teufels eintreten.

An einem Kartentisch saßen vier Herren bei einem Robber Whist und drei andre standen daneben, das Spiel beobachtend. Den Letzteren stellte Harcourt seinen Freund Rondel vor. Das Gerücht war ihm schon nach dem Klub vorausgeeilt: Herr Rondel, hieß es, habe sich in den Diamantfeldern am Kap ein Vermögen erworben und sei nach England gekommen, um sein Geld auszugeben. Schon als Freund des allgemein beliebten Sydney Harcourt wurde Herr Rondel herzlich begrüßt, aber es lag auch in seinem freimütigen, unbefangenen Wesen eine große Anziehungskraft. Kaum zehn Minuten nach seinem Eintritt war Rondel schon mit allen Anwesenden auf dem besten Fuß.

Eben ging der Robber zu Ende. Einer der Spieler sah nach der Uhr, stand auf und ging fort. »Will nicht ein andrer mittun?« fragte ein leidenschaftlicher Whistspieler. »Wir haben noch eine gute Stunde vor Tisch.«

»Versuchen Sie Ihr Glück, Rondel", flüsterte Harcourt, und der Millionär nahm schweigend auf dem leeren Stuhl Platz. Er zeigte sich bald als vollendeter Meister des Spiels; schlau und doch kühn, durchbrach er bisweilen alle Regeln mit einer Keckheit, die sich nur durch den Erfolg rechtfertigen ließ.

Ganz lächerlich anspruchsvoll war er in Betreff der Karten, deren man sich bedienen durfte. Drei Spiele nacheinander verwarf er, und erst als ganz neue gebracht wurden, gab er sich zufrieden. Da der »Revilton« sehr stolz auf seine Karten war, die mit einem einfachen blauen Muster und dem Wappen des Klubs auf der Rückseite besonders für seinen Gebrauch angefertigt wurden, so rief Rondels südafrikanische Eigenheit zuerst einige spöttische Bemerkungen hervor. Seine Meisterschaft im Spiel entwaffnete jedoch jede Kritik. Trotz mittelmäßiger Karten trug er den Sieg in beiden Robbern davon, zur großen Freude seines Partners, der ein gewiegter Spieler war. »Wenn Sie ebenso gut Ecarté spielen wie Whist, Herr Rondel", sagte er, »so möchte ich gern einmal sehen, ob Sie es mit Lord Claverly aufnehmen können. Vielleicht würde sein fabelhaftes Glück Ihnen gegenüber nicht standhalten.«

Die ganze Gesellschaft speiste am gleichen Tisch, und als die letzte Flasche Champagner aufgetragen wurde, für den der Klub berühmt war, brachte Harcourt das Gespräch geschickt wieder darauf, wie interessant es wäre, wenn sich Lord Claverly und Herr Rondel zusammen im Spiel messen wollten. Letzterer erklärte sich gern bereit, den Kampf aufzunehmen. Nach beendeter Mahlzeit ließen sich alle zusammen rasch und bequem im Fahrstuhl ins Spielzimmer hinaufbefördern. Dort erwartete Herrn Rondel eine unangenehme Überraschung. Ein etwas kahler, wohlbeleibter, blasser, glattrasierter und höchst untertäniger Kellner besorgte die Bedienung. Als Herr Rondel ihn zuletzt sah, hatte er eine hagere Gestalt, rote Wangen, einen prachtvollen Bart und üppiges Haupthaar. Das war vor sieben Jahren auf der Anklagebank in

Old Bailey gewesen, aber er erkannte den Mann auf den ersten Blick als den geschicktesten Falschspieler, der ihm in seiner abwechslungsreichen Laufbahn jemals begegnet war. Ein leises Zusammenzucken im ersten Moment und der flüchtige Schrecken in des Kellners unsteten Augen belehrten den Detektiv, dass auch er wiedererkannt worden war, aber Herrn Rondels gelassene Miene veränderte sich nicht im geringsten. Mit sorgloser Unbefangenheit befahl er dem Kellner, ihm eine Zigarre zu bringen, sodass dieser sich gänzlich beruhigte.

Lord Claverly war im Zimmer anwesend, als die Gesellschaft eintrat und sah gerade einer Pikettpartie zu. Sofort redete ihn der Herr an, der vorhin Rondels Partner beim Whistspiel gewesen war. »Wir haben endlich einen ebenbürtigen Gegner für Sie gefunden, Claverly", sagte er, »einen Menschen, der es versteht, das Trumpf-As mit der Zwei zu stechen. Ich habe ihn nur beim Whist gesehen, allein das genügt mir vollkommen. Er sagt, Ecarté sei sein Lieblingsspiel. In Südafrika hat er sich ein paar Millionen aus den Diamantgruben geholt, aber ich glaube wahrhaftig, die Kartentische in London werden ihm ebenso viel einbringen. Der starke Herr dort drüben ist es, der mit Harcourt spricht. Ein wunderbarer Mensch!«

Aus Lord Claverlys hübschen dunkeln Augen leuchtete eine angenehme Überraschung, als von den Millionen die Rede war; er fürchtete sich offenbar nicht im geringsten. Bald darauf flüsterte er Harcourt zu: »Bitte, wollen Sie mich Ihrem Freund, dem Kartenspieler sondergleichen, vorstellen?«

»Man sagt mir, dass Sie gern ein Spielchen machen, Herr Rondel", redete der Lord ihn verbindlich an. »Vertreibt man sich oft die Zeit mit einer derartigen Unterhaltung in Kimberley?«

»Dann und wann. Diesen Ring hier habe ich bei einem Spiel Ecarté gewonnen.« Und er ließ den erbsengroßen Diamanten auf seinem kleinen Finger blitzen.

»Also Ecarté ist Ihr Steckenpferd?« fragte Lord Claverly eifrig.

»Ich spiele alles, wie es gerade kommt, aber Ecarté am liebsten.«

In diesem Augenblick trat Arthur Darley zu ihnen heran. Lord Claverlys Miene verfinsterte sich, als er ihn bemerkte; trotz der Wolke des Unmuts, die auf seiner Stirn lagerte, sagte er aber mit der größten Liebenswürdigkeit: »Gern hätte ich die eine oder andre Partie mit Ihnen gemacht, Herr Rondel, aber der junge Mann hier hat den ersten Anspruch.«

»Ich verzichte darauf", versetzte Darley. »Sie sind mir zu sehr überlegen, Mylord, und die Revanche ist ein zu kostbarer Luxus für mich, wie Sie ganz richtig bemerkten.«

»Dann stehe ich zu Ihren Diensten, falls Sie Lust haben, ein Spiel zu machen", wandte sich Claverly höflich an Rondel, der beistimmend nickte.

Die Aufforderung und deren Annahme versetzte alle im Zimmer Anwesenden in Unruhe. Verschiedene Herren unterbrachen ihr Spiel, um dem Kampf zuzusehen, bei dem es sich um einen hohen Einsatz handelte.

Seit Herr Rondel im Zimmer war, hatte er fortwährend ein wachsames Auge auf seinen alten Bekannten, den kartenkundigen Kellner, gehabt, um sich zu versichern, dass er nicht etwa Lord Claverly heimlich etwas zuflüsterte. Jetzt glaubte er endlich ruhig sein zu können. Claverlys Stuhl stand dicht an der Wand. Hinter Rondel an einem kleinen Tisch, der eine gute Strecke entfernt war, hatte sich der verdächtige Kellner aufgestellt. An der elektrischen Lampe über ihren Häuptern war ein Schirm angebracht. Spiegel gab es nicht im Zimmer. Während die Spieler sich setzten, bemerkte Rondel, dass ein Ausdruck der Verwunderung über Lord Claverlys Gesicht huschte. Sofort zog er seine große Uhr mit doppeltem Gehäuse ruhig aus der Tasche. Er drückte an der Feder, der Deckel flog auf, aber was er ansah, war weder Zeiger noch Zifferblatt. Es war eine von ihm selbst erfundene Uhr, deren inneres Gehäuse einen konvexen Spiegel barg, der seinem Eigentümer, der unbefangen hineinblickte, das Zimmer hinter ihm in winzigem Maßstabe zeigte.

Fast wäre es zu spät gewesen. Von den Zuschauern unbemerkt, die gespannt auf das Spiel warteten, machte der Kellner rasch einige Zeichen in der Fingersprache, denen Lord Claverly mit aufmerksamen Blicken folgte. Herr Rondel erhaschte gerade noch die letzten Worte des Satzes: »Detektiv. Heute Abend ehrlich spielen.« Dann begann die Partie. Fortuna zeigte sich von Anfang an parteiisch und begünstigte ihren Liebling bis zuletzt. So auffallend war Lord Claverlys Glück noch nie gewesen. Sein Gegner spielte vorzüglich, er war bei Weitem der bessere Spieler, aber alle seine Gewandtheit nützte ihm nichts gegen Claverlys ausgezeichnete Karten. Fast bei jeder dritten Hand legte er den König auf.

Der Haufen Kassenscheine neben Lord Claverly wurde immer größer und Herrn Rondels Brieftasche schrumpfte mehr und mehr zusammen. Doch spielte er die Karten nach wie vor munter aus und verlor sein Geld mit so unverwüstlicher guter Laune, dass keiner der Umstehenden ihm Bewunderung und Teilnahme versagen konnte. Lord Claverly dagegen glühte vor Erregung. Immer wieder ließ er verwunderte Ausrufe über sein unerhörtes Glück vernehmen und schien sich ordentlich darüber zu ängstigen.

»Für heute ist das Spiel aus", bemerkte Herr Rondel höchst vergnügt. Er zog acht Hundertpfundnoten und vier Fünfzigpfundnoten aus der Tasche und strich die leeren Lederumschläge auf dem Tisch glatt.

»Noch ein Spiel für diesen Einsatz, Mylord.«

Claverly schien einen Augenblick zu überlegen, dann nickte er zustimmend. »Heute Abend kann ich mich fest auf mein Glück verlassen", rief er aufgeregt und griff nach den Karten.

»Ich glaube, die Reihe zu geben ist an mir", sagte Rondel gelassen; der Lord reichte ihm die Karten ohne ein Wort der Widerrede.

Wo es sich um ein hohes Spiel handelt, ist die Aufregung ansteckend. Die Zuschauer drängten sich schweigend und mit verhaltenem Atem um den Tisch, während die Karten ausgeteilt wurden. Karo war Trumpf – die Karosieben. Beide Spieler warteten einen Augenblick, ehe sie die Karten aufnahmen, als fürchteten sie sich vor der Entscheidung. Lord Claverly schaute zuerst in seine Hand und lächelte triumphierend. »Ich lege den König auf", sagte er, den Karokönig vorzeigend.

Herr Rondel griff nach seinen Karten und sah sie an. Er schien einen Augenblick ganz verwirrt. Dann bemerkten die Männer, die um den Tisch standen, dass er die Brauen zusammenzog und seine Augen plötzlich zornig aufblitzten. Das war jedoch im Nu verflogen; nur die Lippen presste er unheimlich fest aufeinander. »Eine fatale Angelegenheit", sagte er endlich langsam und legte seine Karten offen auf den Tisch. Der Karokönig war mitten darunter.

Lord Claverlys Gesicht sah so weiß wie ein Tuch aus. »Ich schwöre bei Gott", begann er in heller Verzweiflung, aber er kam nicht weiter. Starke Hände fassten ihn bei den Schultern, man warf ihn auf einen großen Lehnstuhl und riss ihm den Rock herunter.

Richtig! In einer flachen Tasche, die im Seidenfutter des Rockärmels angebracht war, steckte ein Kartenspiel, das durch eine seine Klammer, an der sich eine Feder befand, zusammengehalten und weiter oben im Ärmel, dicht an der Schulter, an einem starken Gummiband befestigt war, über seinen Zweck bestand kein Zweifel. Jetzt brachen die wilden Leidenschaften, die tief in der Menschenbrust wohnen und von der Zivilisation zwar niedergehalten, aber nicht erstickt werden, mit aller Gewalt los. Alle tobten, fluchten und schrien durcheinander, und dem hilflosen Schurken, der mit geisterbleichem Gesicht in Todesangst dalag, wäre es wohl übel ergangen, hätte nicht Herr Rondel mit lauter, kräftiger Stimme, die den Lärm übertönte, der rasenden Wut Einhalt getan.

»Meine Herren", rief er, »selbst gegen einen Betrüger soll man nicht unbillig verfahren. Lord Claverly hat dringende Geschäfte an einem andern Ort, wir dürfen ihn nicht aufhalten. In England wird er sich nie mehr blicken lassen. Machen Sie gefälligst Platz für Mylord.«

Der vornehme Betrüger ließ sich das nicht zweimal sagen; wie ein gejagter Fuchs entwischte er aus dem Zimmer.

»Ich darf wohl mein Eigentum wieder an mich nehmen, da Mylord keinen Anspruch darauf erhebt?« sagte Rondel kaltblütig und schob die Banknoten in seine große Brieftasche zurück. Einer der Anwesenden händigte ihm das

Kartenspiel ein, das man in Claverlys Ärmel gefunden hatte; die Vorrichtung war noch daran.

Er untersuchte es mit aufrichtiger Bewunderung. »Wie es benutzt wird, ist leicht ersichtlich", sagte er zu den Umstehenden mit der Miene eines Professors, der zu seinen Schülern redet. »Alle hohen Karten sind an den Ecken ein wenig umgebogen, sodass man es bei der Berührung kaum bemerkt. Mylord verstand sich offenbar sehr gut auf sein Geschäft. Das falsche Spiel zog er an der Feder in seine Hand herunter, das echte ging mit der Klammer am Gummiband den Ärmel hinauf. Es war ein geschickter Kunstgriff, wirklich sehr schlau ausgedacht.«

Während die Zuschauer sich herbeidrängten, um die Karten anzusehen, trat Harcourt auf Arthur Darley zu, der abseits stand und in seiner Verwirrung kaum begriff, was geschehen war.

»Meinen herzlichen Glückwunsch, Arthur!« sagte er. »Dein wackerer Entschluss hat dir Segen gebracht. Alle deine Schuldscheine sind wertloses Papier in der Tasche des überführten Betrügers. Komm, ich will dich dem Mann vorstellen, der dir durchgeholfen hat. – Herr Rondel", fuhr er fort, »Sie müssen zum Beschluss dieser Abendunterhaltung mit mir zu Nacht speisen. Mein junger Freund hier möchte Ihnen gern danken. Sie haben ihn durch Ihre heutige Entdeckung um fünfundvierzigtausend Pfund reicher gemacht.«

»Auf Ihr Wohl, Herr Beck", sagte Arthur Darley, als die Drei behaglich an einem Tisch für sich allein saßen, indem er sein bis an den Rand gefülltes schäumendes Champagnerglas in die Höhe hob. – »Sie haben mich vom Untergang errettet, als Sie den Lord bei seinem Betrug ertappten.«

»Aber ich habe ihn gar nicht beim Betrug ertappt.«

Harcourt und Darley setzten ihre Gläser hin und starrten Beck mit stummem Erstaunen an.

»Nicht dass er etwa nicht die Absicht gehabt hätte, zu betrügen", sagte der Detektiv gelassen. »Er kam mit seinem ganzen Geschütz hierher; aber heute Abend hat er vollkommen ehrlich gespielt.«

Dann erzählte er ihnen, dass er den Kellner wiedererkannt und gesehen habe, wie er Lord Claverly warnte, ehe das Spiel anfing. »Den Kellner müssen Sie fortschicken, Herr Harcourt; er ist ein sehr geschickter Falschspieler.«

»Das soll geschehen", erwiderte Harcourt zerstreut. »Aber wissen Sie, Beck, ich begreife kein Wort von alledem. Wenn Claverly gewarnt war, wie Sie sagen, warum hat er sich dann verraten?«

»Das hat er gar nicht getan.«

»Ich meine, warum hat er betrogen?«

»Aber ich sage Ihnen ja, dass er ehrlich gespielt hat.«

»Nicht möglich! Solche Karten, wie Claverly heute bekam, hat das bloße Glück noch nie einem Menschen ausgeteilt.«

»Nein, ich habe sie ihm ausgeteilt – ich verstehe mich etwas auf dergleichen.«

»Aber wo ist denn der zweite Karokönig hergekommen?«

»Aus *meinem* Ärmel!«